CAMPO MINADO

CAMPO MINADO

Tessi Ferreira

LETRAMENTO

Diretor Editorial | Gustavo Abreu
Diretor Administrativo | Júnior Gaudereto
Diretor Financeiro | Cláudio Macedo
Logística | Vinícius Santiago
Designer Editorial | Luís Otávio Ferreira
Assistente Editorial | Giulia Staar e Laura Brand
Capa | Kamila Moreno
Revisão | LiteraturaBr Editorial
Projeto gráfico e diagramação | Isabela Brandão

Dados Internacionais de Catalogação na Publicação (CIP) de acordo com ISBD

F383c Ferreira, Tessi

Campo Minado / Tessi Ferreira. - Belo Horizonte : Letramento, 2019.
84 p. ; 14cm x 21cm.

ISBN: 978-85-9530-238-9

1. Literatura brasileira. 2. Crônicas. I. Título.

2019-613 CDD 869.89928
CDU 821.134.3(81)-94

Elaborado por Vagner Rodolfo da Silva - CRB-8/9410

Índice para catálogo sistemático:
1. Literatura brasileira : Crônicas 869.89928
2. Literatura brasileira : Crônicas 821.134.3(81)-94

Belo Horizonte - MG
Rua Magnólia, 1086
Bairro Caiçara
CEP 30770-020
Fone 31 3327-5771
contato@editoraletramento.com.br
editoraletramento.com.br
casadodireito.com

Grupo Editorial LETRAMENTO

Para Regina, Aleksandro e Luís, o meu lar,
onde tudo começou a germinar.

CENAS CORRIQUEIRAS DE UM VERÃO MUITO QUENTE

Eu estava desarmada nesse dia. Saí tropeçando nas pernas descalça sem calça sem blusa peito balançando e com medo de rasgar os pés descalços no asfalto, em caco de vidro ou linha com cerol. Eu não olhei pra trás porque não podia, e não voltei porque se voltasse teria que ser pra trás e de lá eu queria fugir. Pele queimando no sol passos largos e vento entrando por todos os orifícios. Não posso excluir o fato da excitação. Foi tanta. E pingava suor, e terra, e resto, e pingava tudo. Ia desenhando um rastro no chão, por onde eu passava, mas o sol era tanto que pensei que logo as marcas deixariam de existir. Sabe o que eu acho incrível? A facilidade com que perdemos o rumo das nossas ideias no verão. Parece que o calor ferve a nossa cabeça e a nossa consciência e é difícil se organizar, os pelos começam a se eriçar sem estar com frio, a gente fica na beirinha do precipício morrendo de vontade de abrir o voo, as pernas, o salto, rumo ao deleite da desorganização e da insanidade. O verão é que faz isso com as pessoas.

Eu senti quando perfurou todo o tecido e encontrou o osso. Um prego. Atravessou meu pé como vela que é enfiada em bolo de aniversário. A dor foi tão fodida que quase calou a boca do barulho ao redor e deixou tudo abafado vindo lá de longe. Minha língua ficou seca como o asfalto e apesar do pé estar rasgado, um soco mudo e agudo atingiu a boca do meu estômago. Vomitei. E o sangue espesso começou a vazar e manchar o chão. Tem outro fato que o verão traz consigo. Todo cheiro é mais cheiro no verão. Das duas uma: ou nosso olfato aflora ou tudo que é fétido demais ou cheiroso demais ganha mais intensidade. E o cheiro daquele sangue começou a penetrar no meu nariz e a selar tudo por dentro, nada saía, nem entrava. Eu comecei a sufocar, eu tinha tanta certeza da morte e logo eu que nunca havia parado para pensar na morte com frequência eu nunca pensei em morrer e eu estava morrendo quando a morte do meu lado quis ver alguma coisa que estava a alguns metros de mim. Eu parei de morrer e olhei também.

No verão tudo fica com a cor mais viva e vibrante. A luz do sol faz tudo ser mais quente e isso inclui as cores. Mas ainda assim, existe uma camada de poeira que encobre a maioria de tudo que se vê e de alguma forma faz as cores ficarem opacas também. Por sua vez, elas começam a ficar turvas se você olha demais. É como falar uma palavra repetidas vezes sem parar, depois ela acaba perdendo o sentido. Enquanto eu olhava, eu enxerguei um solo de asfalto misturado com terra e vegetação também. Pequenas poças de água suja, alguns dejetos por perto, lixo que fora arrastado pelo vento até ali, pedaços da terra superficial remexido. Duas aves grandes, de penas pretas, de garras curvadas e de um olhar impiedoso rondavam o local. O cheiro da carcaça já começava a se anunciar.

Um pequeno muro na frente com uma pequena grade que separava o terreno de outro pedaço de terra cercado e onde eram depositados restos e sobras indesejadas e que viriam a servir outras pessoas. Uma grande montanha de objetos diversos erguia-se do outro lado do pequeno muro e da pequena grade. Coisas quebradas, enferrujadas, esquecidas, descartadas, uma grande montanha de lixo a céu aberto. E quase invisíveis diante da atribulada e caótica paisagem, dois corpos desrespeitavam os limites do pequeno muro e da pequena grade, escorregavam para dentro do terreno, para dentro da montanha de sucata, farejando, tateando ligeiros os objetos e procurando, procurando, com olhos firmes e minuciosos olhavam. Eram meninos. Eram dois. Eram magros. Infelizmente não tinham rostos. O calor deixa tudo tão molhado e mole e escorregadio que é natural que o rosto de algumas pessoas derreta. Pode acontecer. E é o verão que faz isso ser possível.

Depois do garimpo, os garotos que não acharam nada já tinham os pés cheios de bolhas, rachaduras e lhes doíam às pernas, os braços magrelos. Colocaram-se à disposição do descanso, ali mesmo, debaixo do sol sem abrigo, penso que talvez tenham sido vítimas das incertezas e das miragens que o calor aflitivo nos traz e que já não raciocinavam devidamente.

Eu ainda achava que ia morrer, mas o tempo estava dilatado, a morte ainda estava atenta aos meninos, e a minha despedida parecia ter sido retardada, mas eu ainda não conseguia emitir uma só palavra, eu ainda não conseguia correr, eu ainda não conseguia sair da porcaria do mesmo lugar.

Um dos meninos se deitou ternamente em posição de quem ainda não veio ao mundo, e o outro enroscou-se perto, emaranhados pareciam uma flor no deserto. O suor que ainda saía de seus corpos era a última fonte de umidade, a água armazenada no cacto do sertão, e era possível farejar de longe o último fio de vitalidade no meio daquela deterioração. E é isso que as fazem tremer de prazer, que as nutrem, as aves. Ao contrário das pobres almas que buscavam itens a serem usados, na pequenez do abandono, a serem revertidos em um pouco mais de sobrevivência, elas devoravam o vigor e o preciosismo dos sonhos e dos desejos, das histórias e das memórias armazenadas embaixo dos escombros da sobrevivência de cada um. As aves fustigadas, atraídas como ímã começaram a dançar no céu, em voo baixo rasteiro circundando as pequenas vidas atraídas para o abate. Suas asas batiam em êxtase, eu não as culpo. Todos vivemos à custa da morte de algo. Olhar tempo demais para aquele quadro fez com que ele perdesse sentido para mim e demorei pra perceber que a morte me abandonou, gulosa e esganada desejou dois ao invés de uma.

Não houve alternativa para mim a não ser voltar para casa, colocando as minhas roupas, enfiando a minha gratidão no meio das minhas pernas, colocando-a em lugar quente e molhado, demonstrando a minha subserviência e eterno apreço por quem me deixou viver hoje. Amanhã, ninguém sabe.

NÃO HÁ CEMITÉRIOS

Foi quando o tempo fechou que eu pensei em correr. Na cidade tudo é buraco. As nuvens ameaçavam chuva, não estavam com cara de mentira ou engano, por isso acreditei e foi quando meu estômago doeu pela primeira vez. Quando eu estava quase chegando, passei por uma passarela alta, de onde eu podia ver e estar acima da movimentada avenida abaixo. A passarela era larga, mas o que a fechava eram grades vazadas de arame, que transmitia uma sensação de segurança real. Quando eu estava no auge da minha pressa, onde o suor já descia da testa em direção ao rosto, parei. Passos lentos em direção a grade, um nível abaixo dos meus olhos, a grande e movimentada estação de trem.

Ela estava sentada, sentada com as pernas descruzadas e com as costas caídas no encosto da cadeira. A cadeira era cinza, o chão e o céu. Ela estava de sandálias, e as sandálias eram pretas. Saia até o joelho, e a saia era vermelha sem cor, de um tecido escorrido. Na pele que eu via das pernas as veias saltadas para fora indicavam um caminho que eu não sabia ler, o que me mostravam também as mãos, de uma pele enrugada e amassada, traçando o mapa. O cabelo era preso, a blusa era preta. As sacolas em volta, colocadas. Os olhos fechados. Já não se sabia há quanto tempo ela havia adormecido, mas era um sono tranquilo, sem peso, como sono de quem não carrega nenhuma mazela.

Claro. Eu me lembrei. Veio como um clarão na memória e eu sabia exatamente por quantas incontáveis vezes eu já havia esbarrado meu olho naquele rosto. Em cima de uma carriola velha e suja, coberta com um plástico, respeitando os modos e prezando a higiene era aonde ela colocava todas as suas verduras à venda. No centro da cidade, fazia seu pão vendendo verduras às segundas. Mas às terças vendia maços clandestinos de um cigarro barato. Às quartas vendia óleos de massagem. Às quintas vendia doses de cachaça. Às sextas vendia bilhetes de trem. Aos sábados vendia meias. Aos domingos ela não aparecia.

Preciso dizer que era tão fiel ao seu ponto, que era o único rosto que eu nunca deixei de ver. E gritava tão alto, que eu desconfio que algumas pessoas compravam seus produtos só pra que ela pudesse calar a boca enquanto cobrava o dinheiro e embalava o produto. Era uma mulher de mãos firmes, de peitos caídos e dentes arregaçados, amarelos e que se abriam num sorriso lindíssimo quando um homem muito bonito lhe passava aos olhos. Desbocada, amarrotada, apavorada, desesperada, mantendo a calma, espasmos nos olhos, um véu de passado na retina. Gostava de dinheiro. Era boa na matemática da venda, da soma, e experiente na matemática da perda.

Aos domingos, quando estava sozinha, em casa, sentia prazer em um ritual que fazia desde os tempos que conseguia se lembrar. Depois de tomar banho massageava as pernas cansadas com um gel refrescante, com um aroma impreciso, entre o capim e o cigarro. A fumaça subia lenta e ela se permitia demorar em cada tragada. Cozinhava uma comida pouca, temperada com fome e com uma vasta opção de verduras. Gostava de manter os pés aquecidos e mais, os órgãos e a memória ela ascendia com uma dose de cachaça.

No último dia, foi quando as lágrimas secaram. Dia de vender verduras. O tempo estava fechado, as nuvens de cima, à espreita, prontas para descarregarem suas águas. A clientela estava pouca. Guardou a mercadoria, entrou na estação com o seu último bilhete e sentou para aguardar o próximo trem. Não é vazia a vida toda? Não é escorregadia como chega, e como vai, como nascem as coisas e como dançam os dias, e como se fazem os pequenos e solitários rituais, na sujeira do tempo lambuzando-se de vaidade, torpor e fúria. As mentiras em doses cavalares, as despedidas e os anúncios, a publicidade e o comércio. Toda paisagem, o vale dos mortos, os pequenos enterros sem morte, as balas alojadas. As promessas e as preces, as rezas, as velas. O amor. Tudo isso batido e misturado, o concreto é abstrato. Se espremido cada corpo libera uma camada de ódio espessa de um rancor que guarda para nunca ser mostrado que disputa espaço com um afeto preso na garganta louco para se dar a alguém. Com um amor nunca dado colocado em segundo plano cedendo espaço para uma necessidade de se manter de pé. Como a gente ama, com fome?

- Acho que está morta.

- Olha o pulso dela.

- É, está morta.

- Tem algum documento?

- Não sei, dá fim nas sacolas. O próximo trem está atrasado, mas está quase chegando.

- Foda é quando a pessoa vem cheia de tralha e a gente tem que dar fim.

- Olha, hoje era dia de verdura. Leva metade pra casa e eu levo outra metade.

O trem chegou logo depois, e o corpo da mulher foi colocado junto com os que já vinham das outras estações. Ela foi colocada na sessão de indigente, de pessoas entre cinquenta e sessenta anos. Essa foi mais uma inovação social, já que os cemitérios há muito já estavam lotados e não havia terreno que fosse cedido pelas empresas imobiliárias. A saída mais rápida foi intercalar os trens. Um passava com os vivos, em direção as direções mais diversas, e o outro passava com os mortos, mas nunca se soube onde ele ia parar. Isso era assunto para as autoridades. Evitava ainda que qualquer corpo morresse e fedesse sozinho em casa por dias a fio. Vez ou outra alguém vivo pegava o trem errado e ia com os mortos, vez ou outra alguém morria no trem dos vivos. O trem tem todo tipo de pobreza, todo tipo de morte.

Ela me enganou naquele dia, porque parecia viva.

DESCONSTRUÇÃO

Um dia o ser humano decidiu que inventaria e construiria coisas. E a criatividade se tornou característica da raça humana. As pessoas tem grande afeição por construções e um dia o Homem decidiu que competiria com a natureza e construiria edifícios, aeronaves, foguetes, automóveis e prédios grandiosos, tão grandiosos quanto as montanhas e as geleiras. Quanto maiores, melhores. Para eles, a grandiosidade real está no tamanho das coisas, das coisas palpáveis, do concreto. É onde estão os seus valores de bons homens. É o que os faz achar que são mais do que essa coisa pouca e insignificante no meio do Universo, que realmente são. É a contradição de olhar para um prédio alto, tão alto que mal é possível ver o final e sentir-se pequeno, mas na verdade sentir-se grande porque esse que o olha o construiu, o desenhou, o fez possível de existir. Homens observam suas construções como um capataz observa seu grande cavalo, a rédeas curtas.

Quando estão sendo construídos possuem uma aparência cinzenta que desperta uma pequena melancolia, e possuem véus gigantescos que parecem ter sido colocados por mãos de gigantes, os véus esvoaçam com o vento, mas são tão grandes que parecem estar parados no ar. Alguns possuem véus rasgados, e empoeirados, mas que ainda esvoaçam com o vento. É como uma penumbra que disfarça os erros e cobre o que ainda não está pronto e veste a construção. Prédios inacabados são como noivas. Olhar para um grande prédio cinzento com seu grande véu embaixo de um céu negro anunciando chuva.

Olhar para suas janelas vazias, como olhos pretos, ainda sem nenhuma história, a espera pela... Descoberta. Poderia ser solidão, ou mesmo abandono, mas é descoberta. A luz do sol que nasce e entra pela primeira vez em suas paredes não acabadas. A chuva que corta seu véu e penetra sua massa não rebocada, e que deixa úmido. Sente frio? As primeiras marteladas em seus alicerces e os primeiros seres humanos, pendurados do lado de fora, pequenos para quem olha debaixo, dando forma as suas formas e deixando um pedaço de si, naquelas paredes cinzentas. Edifícios que abrigarão famílias e histórias de amor e que serão cúmplices de suicídios solitários e não poderão fazer nada para impedir.

Quando o céu começou a fechar, e a chuva começou a dar seus primeiros sinais, a construção a sentiu antes, pois está mais perto do céu, onde ficam também seus operários, antes que os primeiros pingos comecem a cair. E foi quando ele, lá do alto, preso por cabos de segurança decidiu que ficaria ali e tomaria de forma privilegiada os primeiros pingos da tempestade. E tomou. E a chuva foi tanta que, se existem milagres, aquela deveria se caracterizar como um. Os cabos jamais soltaram e os raios jamais o acertaram. O vento não o sacudiu pra longe, mas a demorada queda d'água lambeu todo o seu corpo. Quando os raios de sol começaram a surgiu novamente, pôs-se para dentro do cômodo que estava pendurado e deitou com a barriga para cima com a respiração esbaforida tentando achar significado pelo que tinha acabado de acontecer.

Nos dias que se sucederam, uma agonia invadiu-lhe o peito e doía em um lugar secreto onde nunca tinha sentido muita coisa. Mas o prazer maior era estar no trabalho, vestindo o uniforme e refinando sua falsa obra de vinte e cinco andares. As mãos grossas e cheias de calo deslizavam feito plumas pelas paredes a rebocar. Os pés duros e cansados com as suas grandes botas de segurança eram como botas de patinação que percorrem firmes e delicadas ao mesmo tempo, pisando o chão do grande edifício. O piso, os azulejos, o gesso no teto, a pintura das paredes foram o seu maior gozo. A colocação das últimas portas. A maestria de construir. Mas a incômoda angústia sempre presente e aumentando à medida que os dias iam passando e anunciando que o trabalho chegaria ao fim.

No dia em que o trabalho findou, uma grande tempestade em alto mar formou-se dentro do coração daquele homem e nos seus olhos estavam desenhados os raios. Seu corpo era o barco no meio das águas turbulentas. E trovejava. E os colegas festejavam a entrega do edifício que haviam trabalhado por meses. O dia estava marcado para que os operários recolhessem todo material que ainda restava no ambiente, o dia que estava marcado para que todos os rastros de seus pais biológicos fossem apagados. Os novos e legítimos moradores jamais saberão o nome de quem colocou os primeiros blocos que formou a parede do seu quarto ou do seu banheiro.

Com discrição e controle, sem manifestar nenhuma suspeita, o apego não o deixou se despedir e com uma enorme e pesada marreta, o homem martelou as paredes, destruiu as portas, quebrou os pisos, arrebentou os vidros das janelas e arrancou as torneiras das pias, as lâmpadas dos tetos e foi fazendo o mesmo processo andar por andar, de cima pra baixo. Quando ouviram o barulho pelo menos dez andares já haviam sido danificados e foi impossível contê-lo. As marteladas batiam no mesmo ritmo do seu coração e dos seus olhos escorria tanta água que o ar ficou salgado. Pode ter sido egoísmo ou excesso de afeição. Porque os homens são assim: egoístas e excessivos demais. A fragilidade do concreto se desfazendo e virando ruína. Tudo é porcaria nenhuma e tudo morre quando alguém decide que deve morrer. No dia seguinte: novos empregados trabalhando em uma longa reforma.

Construção e operário, em uma linha tênue de humanidade, um pedindo licença para o outro. Ao mesmo tempo, operário serve a construção, e operário não mora mais tarde na construção, eles se despedem, e de vez em quando, sentem falta um do outro, já que ela é feita para quem a vê pronta, quando o véu já foi retirado e as imperfeições ficaram em segredo, entre construção e operário.

LOJA DE TECIDOS

É tempo de frio. A loja era muito extensa, espaçosa e muito iluminada. Lustres pendurados no teto iluminavam o piso lustroso e o trânsito de pessoas era intenso. As bancadas, prateleiras e pedestais abarrotados de tecidos. E cada um deles, uma identidade, uma missão, um destino. Os vendedores atendiam os clientes com muito apreço e cuidado, cuidado também com os tecidos, no manuseio, na medição e no corte.

Os tecidos eram abundantes e diversos, se exibiam aos olhos de quem os olhassem e mostravam suas cores em uma paleta infinita de tons claros, médios, escuros e estampados. Cores vibrantes, opacas, translúcidas, acetinadas, graciosas eram as cores dos tecidos. Alguns eram pesados e aquecedores, outros eram tão leves e gelados que escorriam as mãos de quem os segurassem em deleite. Escolher o tecido ideal era uma tarefa difícil e delicada, exigia destreza e habilidade, cautela. E dessa forma os clientes se deliciavam nas aquisições. Pela porta da frente ela entrava todos os dias, com discrição observava, por vezes sem ser notada, por vezes colocada para fora já que sabiam que ela não compraria nada.

O estabelecimento oferecia as linhas, os elásticos, os zíperes e os botões, as fitas que adornariam os tecidos e lhes dariam segurança para que não fossem apenas panos caídos despencando nos corpos de quem os tentassem vestir. Pelo contrário, eles teriam formas e tamanhos, caimentos e medidas distintos. Os tecidos cobririam as cicatrizes, as imperfeições, os calos, os hematomas, os tecidos são a censura do corpo. Com toda sua beleza e encanto seduzem as pessoas e elas os desejam, eles lhe fazem promessas. Elas sabem que enquanto houver linha e fio, terão abrigo, estarão seguras no esconderijo têxtil.

A traça e o magnífico e destrutível voraz e implacável tempo é o que reduzem tecidos valiosos e impecáveis em pó. Em nada e pra nada. Quando os fios voltam da onde vieram e se soltam das ligas que os uniam em cor e estampa, se transformando em desfio, em rasgo, e a tinta agora é desbotada e opaca. Os elásticos são laceados e os zíperes enferrujados, arrebentados. Mas os corpos nunca ficam nus porque a fonte é inesgotável e o mundo é dinâmico.

Do outro lado da rua a mulher que sempre se levava pela loja, sem levar um centímetro de nada, que percorria os corredores em deslumbre e que tirava do bolso apenas um carretel, inesgotável de linha e uma agulha de prata afiada e brilhante, nunca comprada em um estabelecimento, mas oferecida dos deuses em um tempo que ninguém sabe para a tecelã andarilha de olhos verdes que mais pareciam mata virgem e o orvalho se deitando sobre capim molhado, e moradora de lugar nenhum.

A mulher não era apreciada e deixava desconfiança e inquietude cada vez que dava a honra de sua presença. O tecido que caia sobre seu corpo era ressecado e velho. As cores ornavam com o cinza da cidade, o marrom do barro e o preto da noite. Para qualquer ocasião ou casualidade, para qualquer verão ou inverno, para qualquer cicatriz, para qualquer pele, vestes de mistério e fúria. Os tecidos escolhem os seus donos, eles escolhem os seus corpos, eles alimentam o ego e satisfazem os desejos, embelezam o mais vazio do coração e atribui valor. Eles também são mutáveis e para cada desgaste um novo dono.

Próximo dali, da loja de carcaças macias e sedosas, a mulher retira o carretel e a linha e costura com excitação e em divinos movimentos o manto que aquece seu corpo e alma desde a eternidade, porque a eternidade não tem começo e nem final, como o manto costurado de tudo que é efêmero, de tudo que já foi e não é mais. Da futilidade dos dias, da saudade dos anos, da mortandade dos olhos, do suor do trabalho, de banho de mar e de lodo que a cidade oferece, de noites mal dormidas, de bons encontros de amor e sono profundo e de encontros de agonia. Roupas usadas e rasgadas, abandonadas e esgarçadas. No ciclo que é a produção e a destruição certeira, a mulher se aquecia de gente e de história desconhecida, de roupas que já foram novas e já vestiram corpos velhos e agora eram só farrapos. Privada de suas próprias escolhas e de suas próprias texturas e cores, ela recebeu em tempos de misericórdia o carretel e a agulha e sem descanso costurava histórias passadas fazendo-as delas o seu leito e seu cárcere.

Invejava as outras senhoras da loja de tecido, mas no íntimo do coração sabia que nós não escolhemos nada, mas que os tecidos nos escolhem e a natureza escolhe quando partirão de nós, e sabia que apesar da contradição do prazer e da amargura do ofício lhe dado sem escolha e sem pedido algum, ela teria sempre com quem se aquecer e com quem se deitar, porque o mercado é desenfreado, o descarte é imediato e indeclinável e as mentiras são injetadas em doses cavalares diariamente. À noite ela tira a roupa do dia e nua, em pele e segredo, se enamora dos fantasmas fecundados na loja de tecidos.

ENCHENTE

Por enquanto ainda é tempo de chuva. Escorregadia, abundante é a chuva que deita sobre a cidade. Uma árvore cai, um bueiro que entope, o trânsito intenso, as roupas molhadas, o rio que transborda. O rio que corre no meio da cidade é sujo, e fede a gente cansada. Nos tempos de chuva, ele beija as calçadas e cospe sofá, entulho, garrafa, sapato furado, chinelo surrado, embalagem de suco, televisão, coração partido, guarda roupa, suor, acúmulo.

O homem andava pela rua com passos que estão indo para lugar nenhum, os pés predestinados e com plena consciência do rumo a seguir. Atrás arrastava um carrinho de feira abarrotado de pertences. A chuva deu uma trégua, um chuvisco leve caía, e mal dava para ver as gotículas de água despencando do céu. As coisas que o homem carregava estavam cobertas por um enorme pano em azul marinho, que só deixava as rodinhas do carrinho para fora. Estavam amarradas com cordas e os nós eram de proteção. Dali, nada escaparia.

Barba por fazer, olhos fundos e pele enferrujada. Enrugadas as mãos com unhas enormes e com camadas de poeira por baixo, mãos de quem remexe o tempo, há muito tempo. Um paletó de quem não é importante ou respeitado, paletó que não adentra baile de gala, que não foi feito sob medida e de estilista desconhecido. A calça tinha a barra da perna dobrada, isso com certeza era por causa da chuva! E os pés caminhavam apertados dentro de um sapato que um dia já foi polido, mas agora já pedia descanso e já tentava se livrar dos pés envelhecidos. Tudo é desgaste, tudo é tempo e tudo é o que foi.

O céu começou a se transformar, as nuvens caminhavam umas em direção às outras e se uniam em escuridão. Os tímidos raios de sol que surgiam foram encobertos e as casas precisaram ascender suas lâmpadas, porque a noite foi precoce e o dia foi quase nada. A chuva se anunciava novamente. O vento veio na frente, abrindo passagem, varrendo a sujeira para a água molhar e dando tempo para os desabrigados se abrigarem. As poucas árvores da cidade se remexiam em desequilíbrio e o rio se acordava. O homem continuou a caminhada.

Lá pelos próximos passos, uma gota. E outra sucedeu a anterior, e outra, e muitas, e pesadas, e densas, e geladas caíam sobre aquele dia, que estava agora disfarçado de noite. E os passos do homem foram ficando lentos, e pesados, e dificultosos, arrastados... E as rodas do carrinho foram parando de se movimentar, e desespero. E medo tomou conta do ancião quando o sapato começou a derreter em seus pés e mostrar a *descalcidão*. Medo não da perda, mas do gelado da rua, da água que já se mostrava traiçoeira lambendo seu corpo com línguas de predição. O manto em azul que cobria o carrinho também se soltou do nó e derreteu diante dos olhos atônitos do homem.

Todos os seus infinitos esforços para conter foram em vão. Como folha de papel foi derretendo-se e rumando ao rio as suas bagagens, que não eram roupas nem utensílios, eram memórias de saudade, e de amor, e ele guardava as memórias de fome também e de dor. Eram os caminhos rumados e os deixados para trás, eram os entes queridos, o peito farto da mãe, a desmemoria do pai e os pedregulhos da desilusão. Tudo se esvaindo e sendo engolido pelo rio da cidade.

Os poderosos guardam suas memórias em lugares seguros, bancos e caixas seladas com ferro e chaves e não perambulam na chuva, ou perto do rio, por lá eles só passam blindados em caixas fechadas sobre rodas. E em amargura o homem procurou abrigo, mas a cidade não abriga quem já está predestinado ao esquecimento. A água que já não tinha espaço nos limites do rio começou a invadir as ruas e nu, descrente e cheio que saudade ele também foi sugado pelo rio, e se debatendo na corrente implorou por misericórdia. Misericórdia.

Quando a chuva se acalmou e o sol saiu novamente, o rio já era remanso e nenhum sinal de morte ou vida havia. Na rua o único vestígio da chuva era a sujeira transbordada e o cheiro que a chuva deixa no asfalto molhado. As pessoas se vão, tudo é desgaste, tudo é tempo e tudo é o que foi. A cidade tem seus próprios cemitérios. Ela voltou a respirar, a operar e a se movimentar, e o rio alimentado agora corria manso e sujo e embaixo, esquecimento.

CATEDRAL

Um episódio. Uma passada de tempo. Um instante. Um quadro de realidade. Uma mulher de aparência envelhecida, as linhas no rosto revelando os caminhos percorridos e os ventos dançados até ali. O olho semicerrado observava a paisagem e sabe Deus o que mais. Os braços e o busto apoiados numa mureta baixa. As unhas compridas e pintadas de um vermelho metálico desbotado e descascado. Uma pele ressecada pelo pó. Nas mãos, histórias escritas e pecados gravados em um mapa de rugas. Entre os dedos segurava um cigarro, a fumaça subia longe até se desfazer lenta e derradeira em mistério. Não me atrevi a chegar perto da fumaça, que vinha de dentro das entranhas mais profundas da mulher. No trajeto da fumaça rumo ao nada o tempo ficou mais lento, mais denso e se demorou, como se desenhasse o caminho. Um cigarro que nunca ia acabar.

Os cabelos desgrenhados, grisalhos e mal amarrados, ralos e parcialmente cobertos por um pano envelhecido demostravam uma vaidade esvaída há tempos. Peitos já caídos, lábios enrugados, pés calçados em um chinelo fino com unhas grossas e também pintadas do mesmo vermelho metálico desbotado e descascado. Havia nela uma lucidez "enloucurada", uma ironia nos olhos que pesavam com densidade sobre o templo. Era pra lá que ela olhava tão obstinadamente.

À frente, a igreja colossal, de um concreto sólido e cinzento. Uma escadaria enorme recepcionava os visitantes e a luz do sol se deitava nela aquecendo moribundos que pediam dinheiro, comiam uma comida remexida, ou simplesmente lançavam o olhar pro longe. Alguns, ainda que na luz do sol, se cobriam com um manto velho e fétido, na escadaria. A escada é o limite. As portas de madeira estavam arreganhadas e a mulher entrou.

Dentro, tudo era ainda maior. Cada centímetro do concreto parecia ter sido esculpido minunciosamente por mãos habilidosas em um delicado e excepcional trabalho artesanal. Um esplendor a invadiu no primeiro instante, deslumbramento. As pessoas que estavam lá dentro, mais pareciam minúsculos insetos vivendo sua insignificância naquela construção esplendorosa e de uma atmosfera com um peso esmagador. Também possuía uma melancolia, um vácuo que pairava e um silêncio ensurdecedor. Ouviam-se algumas rezas embaralhadas em pequenos murmúrios. Os que não rezavam, contemplavam. Ou só estavam ali, parados, sem pensar em nada tentando encontrar alguma paz e alguma glória naquele cinza tão belo e imponente. Ela também se sentou.

Observava os vitrais com um fascínio que até poderia ser confundido com devoção. Lembrou-se do seu anseio de menina que foi despertado justamente durante uma missa. O anseio da santidade. O anseio do amor puro e sagrado, as vestes brancas e o véu imenso percorrendo o corredor rumo a algo... Que nunca descobriu. Essa memória foi enevoada, e no lugar dela os lamaçais e os vendavais que levaram longe telhas e anos. Os santos a observavam, e em cada canto da igreja um anjo esculpido em mármore mirava na mulher um olhar indefinido.

"Pra casar na igreja pode ter pecado? E quem não tem? Então pode. Mas precisa se arrepender, e se confessar, é claro. Eu posso entrar assim? Quer dizer, eu tiro o chinelo! Seria inapropriado. O ideal são as vestes brancas, é claro. Posso entrar sem noivo? Definitivamente não, meu bem. Um matrimônio só existe quando duas pessoas decidem oficializar uma união sagrada diante de Deus!".

Vasculhou na cabeça e descobriu que não tinha noivo. Noivo. Seu corpo já havia dado de comer a muito homem metido a noivo. Queria se casar sozinha. E seria ela que ela esperaria no altar, e seria a ela mesma que ela se entregaria na cerimônia sagrada. Reparou que não tinha vestido, e que se não fosse daquele jeito, teria que ser então nua. Roupa branca suja com qualquer fiapo de sujeira! E num delírio completamente são no embaraço da memória ela não conseguiu distinguir o que foi pecado, o que foi desespero, o que foi fome, o que foi desassossego, o que foi necessidade, o que foi prazer, o que foi júbilo, o que foi amor e o que foi rancor. Sentiu uma dor dilacerante no peito, um torcer de músculos e uma completa solidão, um desacordo com o destino e a visão dos vitrais ficaram embaçadas, nos olhos um véu de lágrimas prestes a cair.

Começou pelos dedos dos pés e subiu até a garganta. O grito mudo que fez oscilar cada estrutura. Balançou os lustres dourados e que trincou exatamente no espaço entre o sacerdote e o índio catequisado o vitral em cor de amarelo, azul e vermelho, por onde um feixe de luz fazia refletir suas cores na pilastra ao lado. Caminhou lento pelo corredor em direção à porta de madeira, a fumaça do cigarro subiu intensa, fogo de algo que foi queimado lá nas entranhas e finalmente, saiu. O olhar era dissimulado.

O VÍCIO

No começo não existia nada. Mas depois tudo já estava superlotado, e todos estavam espremidos e mesmo quando não estavam dentro de um espaço fechado e pequeno com outras dezenas ou centenas de pessoas e coisas havia aquela sensação que pairava sobre cada um, aquela mão invisível agarrada nos pescoços apertando gradativamente. E quando isso aconteceu, quando não tinha mais espaço para todo mundo algumas pessoas por motivos não óbvios precisaram se alojar em um pedaço de terra pequeno com dezenas de prédios e em cada prédio dezenas de pequenos apartamentos apertados onde as pessoas podiam desfrutar da sua privacidade forjada e da sua paz mentirosa.

Ele mora em um desses conjuntos habitacionais do Governo. Nunca foi de comentar muito sobre sonhos, mas fuma há mais de dez anos e até hoje não tem um cinzeiro.

Quase que diariamente visitava o mesmo estabelecimento. Com a frequência de um cliente fiel e assíduo, pedia as mesmas doses, para as mesmas dores. No Bar, paredes de um amarelo desbotado, com manchas de umidade, infiltração de água e mofo. Um teto rachado, ventiladores quebrados, um calor aliviado brevemente por uma brisa fresca que entrava pelas duas portas de entrada. Mesas de alumínio e um balcão grudento, com marcas de copo e moscas a pousar e voar constantemente. Quando voltava para o seu designado apartamento o homem corria para o banheiro e olhava-se no espelho e retomava suas tentativas.

HOMEM – Desculpe, me perdoa. Eu prometo, eu prometo que nunca mais eu vou me comportar dessa maneira, eu prometo que… Prometo que eu vou… Eu não sei. Eu só sinto que às vezes, às vezes não toda hora, quase nunca na verdade, mas às vezes eu sinto uma vontade tão grande de... Ai, meu Deus, eu sei que eu não devia estar falando essas coisas, eu acho que eu tô com medo, eu acho que eu não vou conseguir dormir essa noite e eu só queria te dizer que... Mas que inferno! Eu não consigo falar! Eu sinto as palavras escorregando e às vezes eu não sei se esqueci, se... Se fugiram ou se eu só não... Eu...

Algumas pessoas são mais organizadas do que outras. Algumas pessoas sabem onde guardam os seus pertences, sabem onde estão as suas posses (sejam elas pessoas ou coisas), sabem em qual piso alinhar os chinelos na hora de dormir, sabe o que vão comer no café da manhã, no almoço, sabem quanto de dinheiro tem em suas contas bancárias, e pessoas organizadas tendem a ter boa memória. Elas lembram. Mas por alguma razão não óbvia, em algumas pessoas quase não se via traços de organização e boa memória. Elas esquecem. Elas não são metódicas e algumas esquecem até...

HOMEM – Uma noite dessas eu voltei do trabalho e passei no Bar. Quando eu estava voltando eu vi um cachorro deitado no meio da rua. Eu cheguei mais perto pra ver se ele estava morto, eu poderia ter chegado perto pra ver se ele estava vivo, mas foi ao contrário. Só de olhar eu ainda não consegui saber, então eu abaixei e olhei com mais atenção procurando sinais de respiração aparente. Ainda em dúvida eu me abaixei mais e aproximei meu ouvido do peito do cão na tentativa de escutar alguma coisa batendo ali dentro. E eu escutei alguma coisa. Mas eu não tinha certeza se vinha de dentro do animal. Eu quis chegar perto de mim na tentativa de ouvir alguma coisa batendo aqui dentro. Infelizmente meus ouvidos não alcançam meu peito. O cachorro estava morto.

Todos os dias, antes que o sol se preparasse para acordar ou que a escuridão decidisse se dissipar, o Grande Carro passava pelas ruas e por todas as esquinas e pequenos becos, fazendo o recolhimento do que eles chamavam de Dejetos a Serem Recolhidos. Dentro do carro tudo se podia encontrar, uma porcentagem pequena de lixo jogado na rua como panfletos, embalagens de alimentos, uma porcentagem de excrementos, e uma porcentagem de mortes. Nesse dia recolheram um cão encontrado morto no meio da rua. Era incontestável que estava morto, os vermes já comiam as feridas espalhadas pelo seu corpo e a temperatura alta do asfalto pareciam ter intenções de cremação do animal ali mesmo.

HOMEM – Essa noite foi a primeira noite em muitos anos desde que eu consigo me lembrar que eu não fui ao Bar na volta pra casa. Eu... Tinha aquele cachorro, os pelos eram marrons, quer dizer talvez fossem pretos, mas aquilo ficou na minha cabeça e na verdade eu... Tudo bem. Tudo bem. Tô respirando. Mas é que... Eu acho que eu preciso pensar. Mas eu não sei no que eu tenho que pensar e isso me deixa com as pernas moles. Eu vou sentar, então. Eu vou olhar pra um ponto fixo e ver se consigo... Lembrar o que eu... Tá bem, eu vou respirar...

Todas as vezes que retornava, despido, era quando os dois desfrutavam da maior das intimidades. Era quando um pegava nas mãos do outro, sentados jogavam xadrez, faziam apostas e se desafiavam. Sempre perdia. Mas tinha aquele colo, aquele colo que era acalento e consolo para qualquer mazela. Sempre estava em dívida, em promessa não cumprida e bambeando na linha invisível da navalha. O prisioneiro condescendente, no cárcere sem grades. Os encontros tornaram-se com os anos cada vez mais frequentes. A maturidade trazendo consigo os traumas e as fobias. Enganam os corações andarilhos e vulneráveis.

Amavam-se principalmente no silêncio. Não havia muito que ser dito. Não havia muito para se escutar e conheciam pouco das vozes um do outro. Mas conheciam os caminhos, sabiam qual estrada pegar para a direção do prazer mútuo. Eram noites de apagar batalhas com as pontas dos dedos que dedilhavam os corpos suados. Despir-se longe das luzes do dia, longe das luzes artificiais, longe de qualquer claridade que revelasse qualquer imperfeição.

HOMEM – Eu vasculhei ontem. Ontem mesmo. Eu procurei dentro de todas as minhas gavetas, eu não te encontrei. Eu procurei dentro do armário, dentro da bolsa e dentro do forno. Você não apareceu e... Eu não consigo lembrar se eu guardei... Se você fizer o caminho contrário comigo, talvez eu consiga chegar aonde eu estou andando pra trás, mas aqui é pequeno demais e eu bato nas coisas... Você tá vendo? As coisas caindo no chão. Tá tudo caído no chão... Talvez se a gente jogar mais xadrez, o que acha? Esses dias eu vi um cachorro morto e... Ai que droga, que droga que puta droga de merda... Acho que eu já te falei do cachorro.

O cigarro, o açúcar, a bebida, a pornografia, o passado, o sexo, a política, a televisão, o outro, o amor, a doença, a comida, a saúde, a reputação, a festa, o dinheiro, o consumo, o roubo, o jogo, a cafeína, a nicotina, o assassinato, a aposta, a cocaína, a heroína, o heroísmo, a fama, a religião, o hábito. Descontrole. Espasmos de um corpo que tenta manter o controle, que dá ordens a si mesmo que não consegue cumprir.

HOMEM – Quando eu era criança meus pais decidiram que a gente ia fazer um bate e volta na praia. Eu fiquei tão ansioso, mas tão ansioso que na noite anterior eu não dormi. Fiquei acordado bem imaginando como era o mar, como era a areia, o que eu faria quando chegasse lá. No dia de ir pra praia, minha mãe me acordou e disse pra eu me trocar, depois de tudo pronto pegamos a estrada. No meio do caminho, um cheiro de bosta infestou o carro e meu pai parou no acostamento. Eles farejaram o cheiro até mim e eu descobri que tinha me cagado todinho nas calças. De ansiedade. Meu pai quase esfregou meu rosto no banco sujo e como castigo ele deu a volta e a gente nunca chegou à praia. Eu percebi que minha mãe voltou chorando.

A psicologia diz que é muito bom que falemos dos nossos problemas, que tenhamos com quem compartilhar nossas angústias e nossas questões para que entendamos melhor o que se passou, o que se passa conosco e dessa maneira...

Ajudar a si mesmo? Mas o que ainda não se sabe explicar de forma coerente é como algumas pessoas simplesmente vão perdendo as palavras pelo caminho. Elas lhe escapam as mãos e não há como segurá-las para que fiquem. Elas vão perdendo a nitidez e quando é preciso que sejam usadas o repertório está pequeno. Algumas pessoas não conseguem formar frases coerentes depois de um tempo porque as palavras pegaram as malas e colocaram o pé na estrada.

HOMEM – Quando eu estava andando o horizonte me engoliu. Eu não soube o que fazer. Eu aprendi a nadar uma vez. Talvez eu tenha esquecido porque eu acho que me afoguei. Eu senti como se me afogasse, mas depois me perguntei: como eu sei qual é a sensação de um afogamento? Fazia muito tempo que eu não chorava desde quando eu consigo me lembrar. Mas eu quis muito e pedi pra Deus: me deixa chorar? Deus foi condescendente comigo e eu nunca mais esqueci.

A MEIA – LAUTREC

Na sala, a mobília já estava desgastada, com a tinta e o verniz descascados e uns cantos comidos. Pendurada ao lado da janela, por onde estravam alguns raios de luz, uma cortina enorme, pesada e empoeirada. Em cima da cama e das cadeiras existiam muitas roupas, vestidos, saias, blusas, calcinhas, sutiãs, meias... As duas mulheres se conversavam em palavras curtas. Uma delas ainda despida, colocava a meia fina com muito cuidado e delicadeza, deslizando pelas pernas e cobrindo a palidez. A outra observava e esperava até que a moça estivesse pronta, finalmente. Ambas gozavam de uma vaidade e de uma habilidade com os métodos de beleza que haviam sido aperfeiçoados há anos.

A luz que entrava pela janela revelava as primeiras rugas, as marcas do cansaço, as estradas do tempo, o que a maquiagem não era capaz de fazer desaparecer. A imperfeição das sobrancelhas carcomidas, as rachaduras nos lábios que não eram tão carnudos como o batom fazia parecer. Os pelos passados despercebidos pelas lâminas, pinças e ceras. O cantinho do esmalte descascado que no escuro da noite, misturado às luzes em vermelho passaria despercebido também aos olhares pouco atentos a detalhes e cantos. Os olhos eram de quem percorre o deserto, de quem é o próprio sol se deitando no deserto, embaçado pela poeira, mas quente feito brasa nova. Isso também era apagado, porque a maquiagem deixavam os olhos ferozes e misteriosos, seguros de si e porque no escuro, eles não olham nos olhos, eles os fecham para lidar melhor com a culpa, com o remorso ou com o cansaço. Eles só tocam e lambem.

De inocência não entendiam mais, mas olhavam como meninas uma para outra. A vaidade e a necessidade não permitiam mais as roupas rasgadas, desleixadas e confortáveis, não permitiam mais que fossem vistas em natureza, que os pés tocassem descalços o chão e nem que os cabelos se emaranhassem um no outro em desordem. Só quem as reconhecia de dia ou de noite, eram elas mesmas. Porque quando eles vão embora, elas ficam. Porque nos quartos compartilhados e nos banheiros mal iluminados elas limpam o disfarce, tiram a fantasia e dormem no silêncio das camas frias e das camisolas de algodão.

Quando ela finalmente conseguiu terminar de colocar a meia fina, virou-se para pegar o sutiã e vestir o grande vestido bordô. A primeira mulher, que já estava mais do que impaciente ficou em sobressalto, impaciente revirou o quarto e em palavras duras reprimiu a outra, que confusa procurava o defeito, o erro, a falha. E quando se virou de costas para o espelho, torcendo a coluna para ver atrás das pernas, encontrou-se com uma meia completamente desfiada. Vestir uma meia fina é uma tarefa difícil, e que exige maestria, e dessa vez ela deixou que as unhas percorressem os fios, transformando-os em um caminho que começava em seu tornozelo e levava até as coxas.

Em uma atitude pouquíssimo profissional, ela sentou no tapete amarelo e de pernas abertas, como uma criança triste e carente de qualquer afeto real, ela chorou até manchar o tapete com as lágrimas. O peito soluçava e os motivos, os motivos ela parou de listar, não conseguia mais organizar, foram se perdendo na memória, não conseguiria explicar a quem perguntasse, mas estava presente em lágrima e desafeto. A outra mulher, parada, de pé, procurava mas sem encontrar o que dizer ou fazer. Olhando para a outra, lembrou-se de quando chegou ali, e abaixou-se para encontrar os olhos da que chorava. Finalmente se olhavam no espelho, sem medo e sem culpa, uma na outra. Deitadas se aninharam no meio da mobília, os últimos raios de sol do entardecer que entraram pela janela revelaram carícias baseadas não no amor, mas na cumplicidade. De tanto dividirem calcinhas e maquiagens, dividiram também o coração e o corpo. A cortina pesada se fechou e lá embaixo a música alta e a falação. Mas no quarto, elas já eram parte da mobília, o deserto era noite e o fogo eram os corpos.

Como quem puxa um balde de água de dentro de um poço muito fundo, fui puxada de volta. Chamou-me para comentar sobre o quadro na outra parede, me desconectei do meu instante fora da sala lotada em que estávamos. Me despedi das mulheres em um silêncio e elas voltaram a acontecer longe dali, em outro lugar, muito perto daqui, mas perto demais pra enxergar.

AS ETAPAS DE PRODUÇÃO

Nos tempos de chuva as ruas ficam mais escorregadias, os passos ficam mais apressados, as vistas ficam mais embaçadas e as roupas ficam mais geladas. A água da chuva escorria molhada pela rua, pelas paredes e por tudo aquilo que tocava, lambendo a cidade. Subindo a avenida eu me deparei com uma figura atípica. Encostada em uma árvore grossa e muito alta estava agachada com os joelhos bem perto do peito. Os únicos membros desprovidos de roupa eram os pés, porque coberto pela própria camiseta laranja furada que vestia, formava uma espécie de cabana que cobria das costas, cabeça, braços e mãos até os joelhos e pernas. Embaixo do pano gasto da camiseta esgarçada vislumbrei uma forma de luz.

Tentava acender um isqueiro. Com uma das mãos segurava o objeto, e com a outra manipulava a chama com delicadeza e paciência, para que ela não se espantasse e decidisse se apagar. Dentro da cabana, a chuva não penetrava e o vento não apagava o fogo, uma pequena faísca de calor começava a existir. Lá dentro se confessavam ser e fogo, começavam a se apresentar um pro outro e a se ver prontos e acabados pela primeira vez.

O sistema nos tira muitas coisas, e nos condiciona a muitas outras. Ele nega o abraço e exalta o medo, que faz como seu aliado. As pessoas perdem o juízo por causa do medo. Não medem consequências e se agarram na primeira oportunidade de refúgio. O sistema nos ensina a como nos comportar diante das mais diversas situações, sendo que para maioria delas o mais sábio a se fazer é ficar calado. A opinião é construída em bases sólidas como bolhas de sabão, que estouram ao menor toque. Tudo se pode conquistar. O trabalho traz honra para o homem. O normal é bom. O mais forte sobrevive. O bem vence o mal. Tem que ser adequado. Enquadrado. Encarcerado. Ensinado. Incinerado. Fogo.

Na rua acima de onde eu estava, uma fábrica com centenas de homens e mulheres funcionava fabricando, adequando, enquadrando... Os trabalhadores vestiam um uniforme de uma camiseta laranja muito vibrante que reduzia cada particularidade a uma multidão sem nome e sem cor de uma cor laranja uniforme. Cada movimento era milimetricamente preciso e se não fossem humanos, eu diria que eram máquinas. Entravam cedo e cada um exercia a mesma função todos os dias, tinham uma pausa para um almoço requentado e saiam ao anoitecer.

Era uma linha de produção tão grande e com tantas etapas tão bem divididas que alguns trabalhadores se esqueciam do que estavam produzindo afinal. Um dia, um deles foi levado para conhecer a etapa final do processo, onde especialistas faziam testes de qualidade com os isqueiros produzidos. Quando o funcionário entrou na sala sem saber direito o que ia encontrar e viu sair do objeto a primeira chama de fogo, caiu num deslumbramento tão profundo e uma vontade avassaladora o possuiu e ele desejou a chama amarelada. E insanamente quis tocá-la, beijá-la e assegurar-se de que ela era real.

Contido pelos seguranças foi retirado da sala e foi advertido por indisciplina. Nos próximos dias teve dificuldade em se concentrar no trabalho. Vez ou outra ia para o lado oposto ao voltar pra casa sem perceber. Esquecia-se de coisas e hábitos simples. Parou de comer, e parou de se higienizar, e parou de falar com os colegas, e vivia delirando e caminhando na corda bamba da loucura e do encantamento. Deixou de distinguir real do imaginário e procurava a chama e o calor em todos os cantos. Finalmente foi examinado. Enquadrado. Encarcerado. Medicalizado. Seria re-ensinado.

Um dia, incontrolável foi o desejo e tão grande foi a submissão diante da invenção que esqueceu os ensinamentos de homem de bem e roubou um isqueiro da empresa. Ele correu. Correu de medo, correu até encontrar na tarde gelada de chuva, abrigo na camiseta laranja, embaixo da árvore. Lá ele finalmente viu sua obra prima acabada e lapidada. Encantou-se pelos mistérios do corpo plástico que escondia dentro de si algo tão belo, tão sublime, quente, vibrante e misterioso. Mas na empresa já haviam descoberto o ocorrido e já procuravam pelo delinquente. "Ali. O elemento. Se escondendo embaixo do uniforme". Um susto, e o medo voltou em um movimento abrupto e mal calculado, depois de tanto tempo executando com maestria o trabalho na esteira da produção, ele deixou a chama beijar o tecido da camiseta. Fogo.

O CHAFARIZ

Existe um chafariz na praça central da cidade. Lembro-me dele funcionando quando eu era ainda muito pequena. Até ontem ele era só uma construção desativada, empoeirada e vazia. Quase um lembrete de que "vocês não podem ter tudo". Hoje, ele estava cheio de água de novo. Com exceção dos esguichos de água que não saem mais da parte superior, ele está bem parecido com o chafariz da minha memória. Alguns azulejos que revestiam o chafariz também estavam quebrados e desgastados. O sol também é mais opaco.

Nos bancos da praça que circundam o chafariz, talvez estejam sentadas as mesmas pessoas que vivem borradas, na minha memória. Existe pouca juventude na praça. Mas muita juventude que já foi há muito tempo. E agora a velhice. Gente que não importa mais. Gente esquisita, deslocada de alguma forma tentando ocupar o resto de lugar que ainda lhe resta, gente que não agrada muito aos olhos. Os muitos anos somados às marcas físicas do tempo, e as marcas do coração, mais profundas ainda. Somados também a um desajuste e uma inadequação. Somados às roupas amassadas, olhares distantes, fumaças tóxicas, álcool, abandono e bengalas e sorrisos desdentados ou dentaduras gastas.

A velhice é um momento ingrato. Se parece com aquele último mês do ano que todo mundo reflete sobre o que fez de bom ou de ruim, o que aprendeu ou o que sofreu, mas a velhice são anos de último mês do ano. E aqui ela é marginal, aqui na cidade, nessa parte baixa e inescrupulosa. À medida que vão envelhecendo, as pessoas vão perdendo os escrúpulos e conquistam uma permissão desmedida para qualquer ato que venha em um impulso. E os demais os relevam porque são velhos e os enxotam porque são velhos.

Um grupo joga baralho em um dos bancos. Observam ainda as mocinhas que passam por ali. Não posso deixar de comentar sobre a perversão que aflora nos senhores de muita idade. As moças evitam passar pela jogatina. Em outro banco, outro grupo de velhos apenas observa a paisagem e permitem ao tempo passar um pouco mais diante dos olhos. No terceiro banco da praça, algumas mulheres à espera. As roupas já muito usadas, muito rasgadas, muito remendadas e de cores que um dia já foram vibrantes. Unhas descascadas e algumas crianças dependuradas nas barras das saias a questionar se seriam filhos ou netos.

Um dia, a temperatura estava altíssima. O sol brilhava com muita intensidade e no céu quase não havia nuvens. Todo o concreto fazia a praça ficar mais quente e sufocante. O suor escorria. A sensação de que dentro das narinas existia um caminhão de areia seca. Existe pouca sombra na praça. As mesmas pessoas estavam nos seus bancos como de costume. As mulheres pensaram primeiro, os velhos do tempo aderiram depois, e os da jogatina quando perceberam também não hesitaram. Todos eles, deixando toda e qualquer regra de lado, adentraram o chafariz, alguns sem uma peça de roupa sequer, outros com algumas peças e outros com toda roupa do corpo. A água do chafariz era suja, mas refrescava o calor insuportável, lavava a sujeira dos dias anteriores e purificava os corpos desajustados.

Uma gargalhada insana, muito diferente da apatia com que os dias se seguiam, invadiu a praça e todo o arredor dela. Sorrisos largos se abriram mesmo nas bocas mais desdentadas. Sorrisos tortos, sorrisos de gente. O abrir dos cadeados trancados, das janelas fechadas, das memórias empacotadas e dos gritos silenciados. A dança do que estava guardado e acumulado. Uma gargalhada até certo ponto medonha era mistura de prazer imenso, solidão, saudade do que foi, desesperança do que virá e celebração, porque o chafariz finalmente tinha água e eles finalmente puderam se banhar. Grande júbilo. Enorme gozo. Inescrupulosos de terceira idade.

O poder público chegou à praça, retirou todos eles do chafariz, mandou que fossem para o sol se secar, mandara-os de volta para o esquecimento e para o silêncio. Tudo que foi já não era mais. No dia seguinte, o chafariz estava desativado novamente, seco como o deserto. Cada grupo estava de volta ao seu banco e a sua função na paisagem da praça. Não havia nenhum vestígio do deleite do dia anterior e do banho público. Por um milésimo de segundo, cogitei a minha própria loucura. Teria eu sonhado com a cena toda? Mas ao longe, baixinho, um eco lá do fundo daquele espaço, me trazia de volta a lembrança da gargalhada estridente que soltou na praça os monstros do tempo.

AS ALMAS DOS TRILHOS

No início era só barro e terra. Depois a terra foi batida e pisada, então se fez os trilhos em madeira, ferro e pedregulhos. Os trilhos hoje permitem que a locomotiva deslize sobre eles, levando uma multidão amassada e entulhada para onde querem desembarcar. Nunca presenciei o começo e nem o final dos trilhos. Eles sempre vêm de lugar nenhum e vão para lugar nenhum. Eles sempre trazem o mistério e levam para o desconhecido. Eles sempre rangem ao passar dos trens, como um clamor ou como uma anunciação. As pessoas que andam por cima dos trilhos não são todas. São aqueles que compartilham da labuta diária e do desprivilegio, do não privado e que compartilham intimidades e proximidades sem escolha.

Um dia dois homens estavam sentados na estação ao entardecer. O sol se deitava indo fazer amor com o horizonte. As luzes eram de um amarelo vibrante, rosa suave, laranja fogo e um azul de adeus. Os homens não se conheciam, aparentemente, mas na estação, só eles. Foi quando se aproximaram da plataforma que ouviram os trilhos rangerem, e um tremor leve sacudir as pedras. Mas nenhum sinal do trem. Nenhum farol, e sem mais gente por perto eles esperaram.

Entre as pedras que preenchem os trilhos uma vegetação rala e insistente cresce. Sem forma e sem beleza, elas empurram os espaços minúsculos vazios para verem a luz do sol. Elas são irrigadas pela chuva e pelo suor. Nos trilhos operários batem martelos e carregam vigas de madeira e pisam a vegetação, que pacientemente continua a se mostrar por entre os cascalhos. O rangido fica cada vez mais alto e em um devaneio ele quase se torna uma melodia doce e envolvente.

Foi quando o primeiro homem desceu nos trilhos que o segundo se assustou num espasmo. O primeiro homem abaixou-se e grudou os ouvidos sobre as pedras e encorajou o outro a fazer o mesmo. Alucinado pelo ranger ele começou a retirar as pedras do lugar, sem se importar com as pontas dos dedos que começaram a sangrar ou com o trem que possivelmente viria e o mataria se ele não saísse dali. O segundo homem surpreso e amedrontado hesitou até abandonar a plataforma e pular nos trilhos, até tirar as primeiras pedras e juntos cavarem um buraco gigantesco no chão, esqueceram-se de quem eram e na ânsia de dançar a música eles encontraram a ilusão e a mentira.

De lá do buraco, o rangido vinha mais alto e mais estridente, mais profundo e mais denso. Os homens encantados e hipnotizados desceram, e lá almas sem julgamento dançavam na escuridão, os mortos dos vivos. As mazelas da cidade, a jornada do trabalho e o amor carcomido dormiam em buraco profundo dos trilhos, e viajavam diariamente com os seus passageiros de carne, osso e fome. Eles iam para longe e rangiam para serem escutados e visitados. Os homens não conseguiram voltar, porque as almas trataram de fechar o buraco. Famintas elas devoram os homens, mas comem tanto rancor e tanto cansaço que magras permanecem e por isso não se satisfazem jamais. Os bens materiais e a carcaça do corpo elas jogam fora como cinzas à ventania. De um ou outro sobra um pedaço de afeto, amor e paz e então elas silenciam, e dormem.

Não julgue mal as almas dos trilhos. A cidade obriga que uns consumam os outros e permite que a locomotiva ande abarrotada para que outros tenham conforto, a cidade condena cada um ao seu lugar. A cidade é um quadro de ilusões e ambições e a música rangida dos trilhos só faz-se ouvir para os corações desavisados e famintos por arroz, feijão e sossego. Compadeço-me dos homens e mulheres devorados porque são espremidos pela cidade, até que o último sulco saia já sem sabor, porque guardam no secreto da alma os sentimentos bons e reconfortantes, as memórias das noites de amor e dos dias ensolarados da alma. Compadeço-me das almas porque elas já habitaram os trens e porque agora são miseráveis e infecundas. A crueldade vem da onde começam os trilhos, mas lá eu nunca fui e só ouvi falar. O trem passa e segue com o farol branco abrindo caminho e nenhum sinal de vida ou morte no local.

CAVALO BRANCO

Tudo no Universo é uma questão de ponto de vista. Ponto no espaço. Tudo é relativo ao espaço que você ocupa. As temperaturas, os cheiros, as imagens, o solo, a atmosfera, as cores. Tudo vai ser vivido de um jeito muito particular e é tudo uma questão de ponto de vista no espaço. Astronautas orbitando ao redor da Terra enxergam luzes quase irreais, escuridão, penumbras do que podem ser outros planetas, estrelas nascendo ou morrendo e não enxergam chão algum. Nada anda no espaço, lá o verbo andar não faz o menor sentido. Tudo está suspenso em um tempo lento de um zumbido abafado que dá espaço para o som da respiração ficar alto como transmitido por alto-falantes.

Quando um raio é formado, a temperatura do ar aumenta de forma significativa e as massas de ar quente colidindo com as massas de ar frio provocam um enorme estrondo chamado de trovão. É como a música de uma dança perigosa entre forças opostas que se misturam. Nem sempre conseguimos visualizar os raios, mas sempre ouvimos os trovões. Os grandes rabiscos brancos no céu aparecem primeiro porque a velocidade da luz é muito superior à velocidade do som. Estrondos por vezes assustadores, mas que também trazem consigo conforto e palpitação pros corações. É o anúncio, a premonição de algo que está por vir. Pergunto-me se é possível os astronautas escutarem trovões do Espaço. Daqui eles me são música para os ouvidos.

Se os astronautas tivessem uma lente poderosa que conseguisse dar zoom e focar esse pedacinho de concreto insignificante, barulhento e atingido por temperaturas altíssimas em um verão de muito sol e suor talvez conseguissem ver, nessa avenida movimentada, cheia de carros, de um trânsito intenso e ruas esburacadas e remendadas com um asfalto mal feito, onde as pessoas andam esbaforidas semicerrando os olhos porque os raios solares incidem sobre todas as superfícies e quase derretem a visão, talvez os astronautas não quisessem ver. Pergunto-me se os astronautas sentem calor e transpiram no Espaço.

Foi nessa avenida que ele estava caminhando quase em zigue e zague, desrespeitando qualquer que fossem as leis de trânsito e costurando todos os veículos que iam e vinham. Seus sentidos atordoados e o corpo comandando a direção, cambaleando entre uma mão e outra da via. Arrastava-se lento, com a cabeça quase baixa. Magro de forma que as costelas apareciam. Canelas finas e mirradas crinas do desnorteado cavalo branco. Olhos pretos como duas ônix. Mas branco. Apesar de toda poluição e sujeira, o cavalo permanecia com os pelos brancos como as nuvens que estavam no céu naquele dia. Estava sedento. E quem não estava?

As pessoas olhavam para o animal e automaticamente olhavam em volta em busca de um dono, de alguém que apareceria para guiá-lo a algum lugar, para chamá-lo de seu, para dar-lhe água e principalmente, para tirar-lhe do meio do trânsito que a essa altura já estava completamente desestabilizado. Mas ninguém chegou. E o cavalo não olhou para trás. Não é tão incomum ver alguns poucos animais como aquele pela cidade, mas é incomum um pelo tão limpo e brilhoso como aquele. Que não condizia com o seu estado de um ser que já vagava há muito tempo. Os cascos estavam gastos e imagino que as pernas começariam a tremer a qualquer momento.

Alguns xingavam o animal e tentavam o retirar da pista, mas mesmo cansado ainda impunha um perigo que nem todos gostariam de correr. Carros começaram a bater uns nos outros e os motoristas ficaram furiosos, desceram dos seus veículos e discutiam com outros motoristas. Pedestres começaram a ser atropelados por automóveis que se jogavam nas calçadas fugindo de outras batidas. A avenida por toda sua extensão até onde não se podia mais ver entrou em um estado de caos sem controle. Policiais e bombeiros chegaram ao local, mas por algum motivo ninguém conseguia se aproximar do cavalo, que não mostrou nenhuma alteração no seu estado anterior. E não parou por um só segundo o seu transpassar de carros. Helicópteros de diversos jornais sobrevoavam toda a região e centenas de aparelhos celulares estavam apontados para a mesma direção.

Ficava cada vez mais quente e insuportável. Cada vez mais escaldante e os raios solares agora pareciam chamas caindo dos céus. Já era impossível olhar para cima, quase impossível olhar na linha do horizonte, até que todos passaram a conseguir olhar apenas para baixo, protegendo seus olhos da ardente bola de fogo amarela. As ruas ficaram molhadas porque as pessoas transpiravam absurdamente. O aumento de temperatura desequilibra os fenômenos e os seres. Mas o cavalo branco seguia em quatro patas.

Os milagres assistem a barbárie e a calamidade até um passo antes do precipício, até um passo antes das suas últimas consequências e só então os milagres decidem acontecer. Trovões. O céu ainda estava claro, mas as nuvens já cobriam uma parte do sol e em algum lugar massas de ar dançavam e chocavam-se. Trovões para pressagiar o dilúvio. Ninguém mais era capaz de ver o chão porque havia tanta gente na rua nadando naquelas águas ferozes, brutais, que caiam do céu mais luminoso, esplendoroso e belo que se podia imaginar.

O cavalo branco farejava os trovões e como em uma predestinação mantinha-se obstinado ao alvo. Até que se viu no céu uma enorme e cintilante descarga elétrica descendo até as profundezas da Terra, penetrando o ar e rasgando-o como seda. Depois dele o último trovão que foi tão alto, porque comemorava o retorno. De onde estávamos jamais conseguiríamos ver um raio andando por uma avenida. Mas conseguimos ver um cavalo.

Por falta de uma lente poderosa de aproximação, astronautas fora da Terra não puderam contemplar o evento. Mas espero que eles saibam, nascemos de baixo pra cima. Depois que tudo passou ninguém mais lembrava muito bem do cavalo branco, aos poucos as coisas foram se normalizando, porque sempre vão. Ficaram as imagens dos celulares, mas ninguém se questionou para onde ele poderia ter ido, afinal, porque nunca se questionam e por que deveriam? O Universo é isso, uma série de acontecimentos isolados que compõe uma grande teia onde estamos fixados preenchendo os pontos. Vendo o que nos é permitido. Sofrendo impactos. A humanidade é isso, seres caminhando sem saber a direção, sem exatidão, distraindo-se com as pequenas mediocridades. Moléculas tóxicas, mas que se transformam. O cavalo é isso, o fenômeno.

DOS ENCONTROS

A mãe alimentava os filhos. Com alimento da terra e dava de beber dos seios e de águas doces. Ela lavava as roupas em um velho balde de alumínio e estendia em um longo varal a céu aberto, preso em bambus fincados na terra. Ela tinha cabelos negros e longos, volumosos que dançavam com a brisa e cobriam seu rosto. Ela tinha as mãos velhas, cheias de cortes e rachaduras. Ela abria a casa de manhã e só fechava as janelas em noites de tempestade.

Ela cozinhava e fazia um café preto, que tomava ao entardecer vendo os meninos correrem no quintal. O quintal era o mundo todo, naquele pedacinho de mundo a céu aberto. E o café era amargo e forte, porque seu coração o era. Os meninos brincavam de ser o mundo. E de ser mundo todo. A mãe banhava os meninos de mar, secava-os ao sol e dava-os para o dia. A mãe sempre olhava os seus meninos, envolvia as quatro pequenas mãozinhas as suas duas que trocavam calor e segredos. Ela sussurrava palavras desconhecidas aos ouvidos dos meninos e beijava suas testas, cheirava seus cabelos e volvia em seus braços, em abraços, sem mazelas e sem mortes.

Os meninos enfeitiçavam o tempo, moldavam, tiravam e faziam parar. Eles tocavam a grama, a pele tocava o chão, os pés cheios de terra, o vento emaranhava com mãos tortuosas os seus cabelos negros, como os da mãe. Impregnavam a atmosfera com uma risada profunda que percorria terras remotas e mexia os ventos longínquos. Eles presenciavam o nascimento e a morte também. O jardim que nasce predestinado a morrer. Os meninos corriam passos apressados, mas leves como plumas para as baleias, mas pesados como chumbo para as formigas. Os meninos faziam manchar o céu, e pingar cor de laranja.

A mãe descascava as frutas. A dança das mãos, descascando, removendo, abrindo, espremendo, dedilhando, como que fazendo carinho, como que fazendo os caminhos, como que escrevendo palavras ou desenhando labirintos. E dava sempre a primeira chupada, a primeira mordida, a fim de lambuzar a alma. A mãe dava as frutas aos meninos, que sujavam as mãos e melavam os rostos. Lambiam os beiços, doce era o sulco. Espessa era a seiva e apetitoso era o mel, o deleite e o gozo.

A mãe sorria de canto e tecia asas nos meninos, todas as noites quando eles dormiam na escuridão da noite, alumiada por um candeeiro enferrujado. A silhueta ficava ali, desenhada nas paredes, o fulgor e a glória naqueles olhos negros, todas as vezes que as chamas passavam por eles. Todo o passado, toda entranha e todo mistério. Todo combate, nos olhos. Capazes de devorar uma cidade inteira.

Lá fora, o fogo do farol lambendo o mar, despertando os monstros e colocando pra dormir os corações inquietos. Beijando o sono dos meninos, abençoando os sonhos. Toda criatura escondida no escuro, uma música que se ouve ao longe, o céu que começa anunciar uma tempestade. As ondas quebravam em fluorescência desafiando, ou presenteando o breu. Dentro de casa os meninos e a mãe recebendo qualquer que fosse a ordem, se fossem de tempestade ou de céu estrelado.

Em uma noite, a mãe acordou seus meninos, seus lindos meninos, doces como as frutas, belos como o céu estrelado, como o nascer do sol e como o despedir-se dele em todo seu esplendor e luz. Gerados em útero e sangue e nascidos do parto, do grito, da dor, do suor e do... Sangue. A mãe caminhou com os meninos até a beira da praia, sem precisar do candeeiro, guiados por olhos e pés que enxergam na escuridão. A mãe preparou o barco, empurrou-o para a água, colocou seus meninos e colocou a si mesma em remo, noite adentro, para algum lugar que o tempo nunca me contou. Para dentro, para fora, para longe, para perto, para onde não me é permitido saber ou revelar. Em um turvar de olhos, e já havia sumido, o barco descascado de branco e vermelho. Meu paladar e meu coração recordando o gosto da poesia suave que mãe e meninos me fizeram escrever. As minhas palavras não estão inflamadas de destruição e torpor. O coração apertado como que entre duas mãos fortes, o nó na garganta anunciando as lágrimas. A saudade. Despeço-me, porque meus pés não sabem andar no escuro.

O HÁBITO

Cidade barulhenta, montanhas de lixo e rios pestilentos. O pequeno sol, o pequeno céu, o pequeno teto, a pequena rua, tudo tão pequeno quanto grande. As varandas sempre vazias, as plantas das varandas, cuidadas por alguém desconhecido, que nunca aparece, nunca ninguém vê. O amanhecer que chega ligeiro, carregado do som dos automóveis, dos passos apressados, da rotina cansada. Os poluentes a solta, os ratos devorando os nossos restos, dos restos que devoramos de alguém.

De movimentos previsíveis. De um ritmo interno incorruptível. Rotas decoradas. Dominava a arte da repetição, incansável, contínuo, inquebrável. O relógio que mostra sempre as mesmas horas, os pés que pisam o mesmo chão todos os dias, a dor que dói no mesmo lugar todas as noites, a falta que falta no mesmo vazio todos os dias, a lágrima que cai do mesmo olho e percorre o mesmo rosto e salga os mesmos lábios e alivia o mesmo nó enrascado e engasgado. A boca que xinga e que reza todas as palavras de fúria e todas as palavras de prece todas as noites. Os pedidos, pedidos do mesmo jeito, com a mesma esperança e com a mesma devoção de um coração contraditório todos os deuses escutam. As mesmas mãos que percorrem as mesmas texturas, as mesmas temperaturas e o paladar que sente os mesmos sabores.

Ela mora em um desses conjuntos habitacionais do Governo. Pulando a parte do sonho, lhe agradava caminhar e fazer um travesseiro de gelo nas noites muito quentes.

MULHER – Essa semana um cara vomitou no meu pé. Mas não foi só uma baba ou um pigarro, foi o vômito de uma semana inteira acumulado. Esverdeado. Com aqueles pedaços enormes nojentos de comida, sabe? Um filho da puta de merda. Na verdade eu odeio aqueles saltos que eles obrigam a gente a usar. Sempre machucam os meus pés e as meninas disseram que eu me acostumaria, mas isso não aconteceu. O meu grande prazer mesmo é caminhar, porque caminhando eu sinto que meus pés vão voltando para o tamanho real depois de ficarem reduzidos e espremidos dentro daquelas porcarias de sapato. Eu queria furar os olhos daquele cretino com os saltos vomitados.

A verdade é que nunca se soube de onde ela voltava. Porque também nunca a viam ir. Mas sem dúvidas a questão das plantas da varanda sempre a inquietava. E depois de tanto se questionar sobre aquele fato curioso de ninguém nunca ver pessoas por mais de cinco segundos em uma varanda ela decidiu vigiar por alguns dias uma determinada sacadinha de um prédio em frente ao seu. Todas as noites quando voltava pra casa religiosamente ela vigiava na espera de ver alguém. Tinha um vaso de planta encostado no canto, perto da janela que dava acesso ao lado de dentro do apartamento.

MULHER – Hoje minha base e meu lápis de olho acabaram e eu não tinha dinheiro pra comprar outros. Eles acham que o que eu ganho dá pra comer, beber, morar, vestir, calçar, me locomover e ainda comprar maquiagem cara praticamente todo mês. Esses dias eu sonhei que uma das garotas do trabalho cortava o dedo, mas não saia sangue de dentro. E outras meninas chegaram perto pra ver porque ficaram muito curiosas, então elas começaram a se mutilar pra se certificar que no corpo delas ainda corria sangue e se desesperavam quando viam que só um pó esbranquiçado saia de dentro. No sonho, eu olhava tudo como se não estivesse lá. Elas tinham se transformado em uma espécie de bonecas vivas e eu já encarei a navalha uma porrada de vezes depois disso.

Alguém apareceu. Alguém vivo apareceu. Alguém aguou a planta e fumou um cigarro inteirinho na sacada.

MULHER – Ele chegou a me perguntar uma vez se eu queria que ele fosse até aonde eu durmo. Eu disse que não. Na verdade o que eu gosto mesmo é de ter que caminhar até aqui. Eu gosto de andar. E bom, dia desse ele me perguntou se eu não queria café da manhã. Eu disse que não. Na verdade o que eu gosto mesmo é de sair de madrugada, quando não tem uma alma viva na rua. Lá aonde eu trabalho tem tanta gente o tempo inteiro que eu gosto de poupar meus olhos da companhia humana às vezes.

E se gostavam porque ambos lhes permitiam o silêncio.

Os dias eram como repetições infinitas. De vez em quando um rosto novo aparecia, mas geralmente eram as mesmas almas com os mesmos rostos que lotavam o lugar. Uma caverna de luxo decorada e equipada para que não se sinta falta da luz do sol. Para que não se sinta falta de nada, muito menos de si próprio. Uma música ambiente e de vez em quando petiscos oferecidos para manter os moribundos bem vestidos de pé. De pé. Uma dúzia de mulheres padronizadas, com o véu da não identidade nos rostos e da não liberdade nos corpos caminha pelo salão distribuindo fichas, cartas, entregando prêmios ou enxugando as lágrimas dos perdedores inconsoláveis.

MULHER – Uma doença só se espalha quando existe um ambiente preparado pra ela caminhar livremente. Acho que eu deixei meu caminho livre demais. Ela se espalhou. Eu sinto a minha pele derretendo e pingando naquele carpete, manchando tudo, mas ninguém repara. A última vez que me preocupei com algo eu comecei a vigiar de forma doentia a varanda de um desconhecido. Eu saí pra andar e meu corpo quase desmoronou no chão porque eu estava a uma velocidade um pouco menor do que o habitual e ele demorou pra reconhecer isso, eu acho. Eu caminhei durante tanto tempo, eu comecei a não sentir minhas pernas, mas eu sabia que elas estavam lá porque o horizonte parecia ficar menos distante, e isso queria dizer que eu ainda estava caminhando. Eu senti uma dó tão profunda de mim mesma que me deu vergonha logo em seguida, eu quis chorar, então eu deitei. Ali mesmo.

Quando traiu a si mesma, viu a escravidão do corpo dando passagem, curvando a espinha para as águas salgadas que penetrariam as feridas. Um corpo que é hospedeiro de um poço profundo e no fundo, larva quente pronta para ferver a servidão.

MULHER – Quando eu era menina, minha família morava em uma casa com uma laje bem espaçosa. Nos dias de sol eu gostava muito de subir nela e ficar olhando ao redor, as casas amontoadas perto dali. Não era uma visão muito bonita, mas eu gostava do fato de ser alto. Uma tarde quando meus olhos olhavam tudo e lugar nenhum eu vi um passarinho entrando em um buraco entre o teto e a telha da casa vizinha. De alguma forma ele conseguiu entrar, mas ficou preso na hora de sair e só conseguiu colocar a cabeça pra fora. O pássaro começou a gritar pra sair de lá e estava desesperador ouvir aquele som. Eu chamei meu pai e ele disse que não estava ouvindo nada. Eu insisti. Ele não deu muita atenção e me mandou calar a boca e deixar ele em paz. Eu subi no telhado da vizinha e quebrei a telha. O pássaro não estava mais lá. Meu pai me deu uma puta surra por ter pulado no telhado e eu me senti traída demais pelo grito do pássaro.

Agora eu me lembro exatamente da cor dos olhos do homem que vomitou nos meus pés. Eu não perdoo porque aquela mazela não era minha. Mas agora é.

A ESTEIRA

Pensei que morri. Mas não. A sala era muito escura e com pouca luminosidade. Nenhuma que viesse de fora, mas só uma luz artificial amarelada. No começo da fila, uma mulher jovem e muito simpática orientava os visitantes e pedia que tirassem os calçados e deixassem seus pertences em um banco ao lado. Ninguém demonstrava resistência alguma. Não era possível ver o final da sala, era muito escuro de forma que as vistas embaçavam e não conseguia saber se era uma parede ou se era o próprio abismo em preto e silêncio.

O silêncio. Dentro da sala, só o som da respiração tranquila dos que se faziam presentes, o som da voz da mulher dando instruções, o som baixinho das engrenagens que quase se fazia imperceptível aos ouvidos de quem respirasse um pouco mais alto. Era bonita a condescendência com a qual os visitantes entravam na esteira. Era a entrega, sem questionamento e sem pressa, era o véu fino e esbranquiçado caindo sobre os olhos, hipnotizando os sentidos que faziam com que as pessoas se deitassem em repouso na esteira.

A esteira. Largas e compridas, funcionando em um ritmo dilatado elas transportavam os corpos. Lá pelas tantas, os visitantes ficavam ansiosos, e quando pensavam em olhar para os lados ou levantar-se ele descia. O grande espelho. Sustentado por cabos de aço, um espelho grande e luminoso descia de encontro ao corpo deitado, e revelava aos poucos cada parte do corpo como estava. As pessoas esqueciam qualquer mazela, qualquer angústia ou inquietação, a luz amarelada do espelho e o escuro da sala não permitia que os olhos enxergassem outra coisa que não fosse a si mesmo. Eles apanhavam dos bolsos os celulares, como previsto, e tiravam uma foto. Registravam o momento. O espelho continuava a descer de encontro com os corpos, e ficava tão rente a eles que não havia espaço para se mover em nenhum grau. Mas nesse momento o encantamento já era completo, e pouco importava se a grande placa os esmagaria.

O espelho é mentiroso e cruel. É ilusão, persuasão, é desmanche. É alimento para o ego e dedo que aponta impiedoso os defeitos. Quando as pessoas olhavam para o espelho, só viam a sua totalidade, mas não as estradas, não os detalhes, as linhas, as rugas, as fissuras, a sombra que os cílios faziam nos olhos por causa da luz. Quando elas já estavam tranquilas e satisfeitas de novo, a esteira continuava a correr. Mas o que ninguém notava era que apesar das carcaças estarem no mesmo lugar, como pedaços de carne não possuíam mais nada que não pele e gordura. As almas já tinham ficado lá atrás. Entregues de bom grado e sem resistência. Esvaída pelos olhos cegos, dando de comer ao espelho, dando de alimento para a esteira, registrando em foto a banalidade e a ignorância.

A esteira também é solidão. Os olhos não se encontram com outros olhos, e as mãos não tocam outras mãos, as peles não sentem o calor ou o gelado de outras peles e há quase uma bolha invisível ao redor de cada um fazendo com que não respirem o mesmo ar. É de fato uma experiência solitária, e é contraditório, porque os corações batem no mesmo ritmo monocórdico.

Ainda não foi possível ver o fim da esteira e nem saber quais caminhos ela percorreria. Ainda não pude saber o que vem depois do preto e silencioso escuro à frente. Do lado de fora eu não tinha certeza se elas ainda respiravam, apesar da dependência, da posse e da perda, os corações estavam cheios de si, tranquilos, cheios de segurança e satisfação. Uma satisfação cega que não impunha limites e que permitia que eles caminhassem em uníssono silêncio, rumo ao abate.

SOBRE HISTÓRIAS OU DO FIM PARA O INÍCIO

Os meus olhos tiveram dificuldade de olhar tanta grandeza espalhada. Longe das multidões e das incertezas, longe do barulho frenético e a salvo do banho diário de poeira. Naquela paisagem só cabia a vastidão e as águas tranquilas lambendo a areia. Um céu um tanto nublado, fazendo promessas falsas de chuva, gaivotas voavam muito longe e eram apenas risquinhos no céu. Ela estava perto das pedras e quando me aproximei tampouco me reconheceu. Com uma pele carcomida, os olhos pequenos que tinha, usava óculos com altíssimo grau e nas veias as marcas desenhadas de um caminho longo e visivelmente desgastante. Segurava um peixe nas mãos e olhava pra imensidão como se enxergasse coisas que só a ela se revelavam. O peixe certamente estava morto, gelado e pegajoso. Os peixes têm texturas esquisitas, escorrem pelas mãos mesmo depois de mortos como se em uma tentativa oculta suas almas tentassem voltar para o oceano.

- Como a senhora está?

- Velha.

- Está com vontade de comer peixe?

Eu recebo um silêncio profundo como resposta e fico parada, esperando que algo a desperte de sua imersão.

- Sabe, a praia é muito bonita nessa época do ano. Eu acho. Eu sinto vontade de estar em alto mar, sentir balançar, o vent…

- Quer que eu lhe conte histórias?

- Eu gosto de histórias.

- As histórias não precisam que você goste delas. As histórias precisam que você coma elas. Que você as amarre ao seu pescoço e aperte até ficar sem ar. Um dia a minha mãe se casou com um homem canalha demais. E ele também lhe contava histórias. Histórias sobre coisas das quais ela não queria saber, sobre coisas que ela não entendia. Ela era incapaz de medir o que era verdade e o que não era. Ela era incapaz de lhe mandar calar a boca ou simplesmente sair andando e lhe deixar falando sozinho. Na sua cabeça tudo era tão abstrato quanto sem importância. Uma noite eu o ouvi chegar bêbado, e ele falou durante algumas horas sem parar. Eu não me lembro de nenhuma palavra que saiu de sua boca, duvido que ele saiba o que estava dizendo. Minha mãe era obrigada a acordar de madrugada para saciar a vontade de atenção que meu pai tinha. Naquela madrugada enquanto ele cuspia palavras aos montes ela se levantou e foi até a cozinha. Ela tirou um peixe de dentro da geladeira, fruto de uma boa pescaria que meu pai havia feito naquela semana. Ela segurou o peixe nas mãos por alguns minutos e passava o polegar levemente sobre as escamas geladas. Ela preparou o peixe de forma diferente. Sem usar uma faca sequer, ela arrancou os olhos e tudo que não lhe interessava com as mãos e os dedos. Preparou o peixe com muita paciência como se preparasse um sagrado ritual. Quando o cozido ficou pronto ela pediu que meu pai se sentasse a mesa. Nem o fedor de mil peixes se compararia ao insuportável cheiro que exalava daquele homem infeliz e com o bafo horroroso que ele jogava em cima de mamãe.

"Mulher, da onde você tirou esse peixe? São 03h da manhã, ninguém vai almoçar agora" "Achei que você chegaria com fome".

Ele se sentou à mesa e ela o serviu. Engasgou por falar e comer ao mesmo tempo. Mamãe pediu licença e se levantou. Quando estava a dar os primeiros passos em direção ao seu quarto, ouviu os urros de socorro do infeliz que quase morria sufocado com os pedaços de peixe e os pedaços de palavras que disputavam espaço na sua garganta. Ela quis sorrir, mas não sabia como. Alguma coisa no fundo de sua alma esperava secretamente e envergonhadamente que ele caísse duro no chão naquela noite. Mas as palavras cederam espaço e o peixe desceu. Ele tomou um gole de água, se recompôs e deu três violentos tapas no rosto de D. Luzia. Depois deitou o corpo sujo na cama e pôs-se a roncar.

Diz-me, sobre o que é essa história?

- Sobre violência.

- Não. A história é sobre peixes.

PEIXE PARA QUEM TEM FORÇA

Era final do dia, entardecer levando embora os últimos raios de sol e trazendo consigo uma calmaria misturada a uma fina neblina que caia sobre a paisagem. Era uma rua movimentada, e que dava acesso a muitas outras ruas. Do outro lado do que eu vou chamar de conforto, entre o trânsito dos automóveis e um muro velho de concreto, uma reunião aparentemente informal e silenciosa, assim, entre as caixas de papelão e os sacos pretos de lixo.

Eram seis. Bem crescidos e bem apresentados, mas aparentemente mal alimentados. Ocupavam de formas diferentes o espaço, mas sempre dentro do perímetro da onde estavam as caixas. Aflitos e a espera de algo, pairava sobre eles uma desconfiança e uma atmosfera não fraternal. Conforme a noite ia se esparramando os olhos iam se arregalando na mesma proporção e brilhavam com um brilho gelado e faminto como lâminas capazes de revelar o futuro, desmentir o passado e devorar o presente. Não se ouvia sons, nem mesmo um ruído.

Movimentavam-se pelo espaço com a mesma sutileza que as sapatilhas de ballet pisam o chão e com a mesma precisão de um médico que costura o coração de alguém em uma delicada operação. Eram cúmplices da noite que chegava e se misturavam a ela. Suas passadas só eram percebidas por quem olhava com cuidado e paciência, porque talvez quem se apressasse não seria capaz nem de enxergá-los. Um deles, parado desde o primeiro momento enxergava profundidades, não piscava e não pestanejava e com uma economia admirável respirava o necessário, parecia pelagem em pedra, parecia paralisado ou hipnotizado por algo que os outros ainda não viam.

Um pedaço de um peixe velho e fedido é arremessado da onde eu chamei de conforto, e rompe pouco a pouco, num esgarçamento de tensões a infinita espera, a aflição e a angústia da espera. Selvagens e famintos se atracaram uns aos outros e com unhas e dentes, literalmente, disputaram com voracidade o pedaço do peixe jogado na calçada esburacada. Cada movimento sutil, belo e silencioso nascidos do desespero e da fome se transformou em gritos e gemidos ferozes, em rápidos golpes e tentativas de aniquilar o inimigo, nascidos do desespero e da fome. Os mais fracos logo foram colocados em seus devidos lugares, e retornaram para a escuridão. Os mais fortes lutaram até as últimas consequências.

De trás de uma das caixas, onde esteve o tempo todo, finalmente rompeu a imobilidade e imponente, vestido de uma autoridade perversa e impenetrável e uma couraça tecida pelos tempos da fome, fulminou com seus olhos de prata o último faminto, que havia aparentemente conquistado por mérito o pedaço sujo de peixe. Quando esse também retornou para o escuro, e quando o mais temível estava prestes a abocanhar a migalha, o prêmio, o sustento, rompeu do outro lado da rua uma risada estridente e satisfeita, da mesma pessoa que havia arremessado o pedaço de peixe.

"Selvagens. É o instinto, vem de dentro. Vê comida, tem fome, faz o que tiver que fazer." Desfrutava de cada palavra com um gozo desmedido e demorou pra finalizar, porque ainda ria feito um porco rolando na lama do chiqueiro. "No mundo, só come quem tem força, só come quem entende que dividir é fraqueza, tão fraco quanto quem divide é quem tem piedade, ou compaixão. Cada um que lide com a sua culpa e com o seu remorso, porque o peixe é de quem tem mérito. Ou é você, ou é o outro. É simples. Aqui só come quem tem força."

Enquanto o homem gozava de seu sábio discurso e se deliciava com o prazer do espectador, que faz a aposta joga o peixe e que assiste ao embate sem sombra de dúvidas do resultado, o gato devorava ávido e alucinado o peixe estilhaçado. O que o gato sentia não era o sabor do sucesso e nem da vitória, era o sabor do cabresto e da resignação diante da necessidade. O homem se recolheu para casa e no dia seguinte acordou antes do galo cantar, foi pra labuta para comprar o peixe que saciaria sua fome daquele dia. Afinal, só come quem tem força.

AS DESTRAVAS

Metamorfose é o nome dado ao processo de completa mudança na forma, na natureza e na estrutura.

Desde o início dos tempos foi imbuída de uma fragilidade que não lhe pertencia de fato. Não como eles falavam. Quando perceberam que seria muito difícil contê-la escreveram nos livros e nas telas do imaginário das pessoas que ela era má, perversa e feroz. Aprisionaram-na com chaves e correntes muito fortes, feitas de poder, opressão e dinheiro. Colocaram uma mordaça feita de medo e lhes contaram histórias mentirosas sobre sua origem. Impuseram-lhe deveres e regras. Colocaram-na contra outras que seriam suas irmãs e inventaram o espelho, disseram que ele seria seu pior inimigo, ele revelaria a sujeira, a feiura e as imperfeições do seu corpo e do seu coração. Ensinaram-lhe a servir e a cooperar.

Elas estão fazendo sua existência de forma árdua e sob vigilância daqueles que as repudiam. Elas estão em muitas formas, em muitos tempos e espaços diferentes. Elas estão cozinhando, educando, amamentando, parindo, gerando, doando, estão vivendo sonhos que não são delas, estão abdicando de si, pouco a pouco, todo dia um pouco. Servindo. Mas ele, que vive nas profundezas do que é ela, ainda está esperando para ser acordado, ainda reduzido a quase nada e muitos deles desconhecidos pelas próprias hospedeiras.

Rua Rosa da Silva, número 45, paralelepípedo e terra. Quatro cômodos. Um pequeno desnível na laje faz a água escorrer sempre para o lado errado do cano. Paredes a rebocar. Um banheiro pequeno, janelas de um alumínio encardido. Portas de madeira descascadas e com antigos trincos do lado de dentro. A frente da casa dava para uma avenida não muito movimentada. Os fundos da casa terminavam onde começava um denso matagal. No meio da cidade, entre os morros e as ruas estava uma mata fechada com árvores criadas e frondosas. Como as casas construídas uma em cima da outra ao redor, as árvores pareciam seguir a mesma configuração.

Ela que vivia nessa residência desde quando sua memória conseguia lembrar gostava muito de admirar a mata. E levantava hipóteses do que podia existir lá dentro e questionava a si mesmo se seria possível caminhar lá dentro e o que haveria do outro lado. Ela já conseguiu chegar até o pé da mata, mas nunca ousou continuar.

Um dia, uma faísca. Cortaram-lhe uma parte tão profunda que seu coração chorou. Percebeu as lágrimas e olhou para cima, enxergou um clarão de dia que não via há muito tempo e tudo lá embaixo foi ficando pequeno, pequeno, minúsculo, até deixar de existir para os olhos de quem olhava daquela altura. O coração machucado, o corpo aprisionado e a mente esvaziada. Depois do último caco, ela finalmente, recolheu as lâminas e remontou um coração cheio de amor e fúria. Pisoteou a caverna e no topo, abriu as asas tapando e brilhando ao sol. Das suas narinas saia fumaça e por dentro todos os órgãos borbulhavam. O casamento entre a serpente e a ave. A equivalência.

A sua respiração e o bater das suas asas era tão intenso que remexia todo o ar em volta e isso deu início a uma formação de grandes nuvens negras anunciando um belíssimo temporal. E quando a chuva começou a cair todos viram um enorme Dragão, imponente, colossal, poderoso e voraz com garras afiadas e um olhar que só se recolheria de novo para si mesma rodeando e planando sobre toda a cidade.

Os olhos eram de fogo em brasa, a pele era de uma couraça firme e resistente, quase impenetrável. Voou em planada e da sua voz saiu um canto de celebração, canto doce para quem chorou consigo e era chumbo para quem colocou a mordaça. Produzia luz e sombra, e sua penumbra revelava doçura e delicadeza. À espreita... Camufla e se revela. Enfrenta e encanta, defende e mata. Cria e renasce em grito e em silêncio. Salda suas formas em graça e rito, no seu culto de celebração do feminino. Transformou toda a cidade em brasa como em uma cena cinematográfica de um filme da Terra Média. Ela olhou pra baixo, e olhou-o com fome. Depois, uma enorme revoada de pássaros disparou como tiros para fora do matagal atrás de casa. E lá ele adormeceu novamente, o Dragão.

O homem acordou em sobressalto do terrível pesadelo, respirando tão forte e tão ofegante que no silêncio daquela madrugada, alguém que estivesse passando na rua poderia ouvir seu coração esmurrar o peito tentando sair. O travesseiro e o lençol estavam encharcados de suor e ele ficou ali, paralisado, durante alguns instantes que pareceram uma longa eternidade. Ele tateou o resto da cama esperando que sua mão esbarrasse na esposa. A cama estava vazia e ele se recompondo levantou e procurou-a pela casa. Quando voltou de sua busca mal sucedida encontrou na cama uma borboleta leve e delicada feito pluma pousada no lugar da esposa, também recém desprendidas algumas correntes, cadeados e uma mordaça. Lá fora o tempo era aquele vento gelado ao mesmo tempo refrescante e o cheiro de asfalto que sempre chega após uma abundante tempestade.

CENAS CORRIQUEIRAS DE UM VERÃO MUITO QUENTE II

No vagão, a demora, a lentidão de quem não quer chegar ao destino e por isso se arrasta. O trem tem vida própria, e ele acelera e desacelera quando está cansado ou quando quer se atentar a algum elemento da paisagem que lhe chame a atenção. A visão das máquinas funciona de forma diferente da nossa. Elas não se acostumam. A inconstância dos trens públicos me provou isso. Um dia muito quente faz as pessoas ficarem um bocado mais estressadas e os trens públicos provam isso. Corpos colados, grudentos, suados, aquele cheiro de enxofre misturado com esterco que exala dos vagões.

Em meio ao balançar causando náuseas, o cheiro, a demora, a falta de espaço, estava outra pessoa entre tantas outras pessoas. Lá embaixo, perto do chão, mais perto dos trilhos do que qualquer um ali estava, suas pequenas mãos encostavam aos corpos desconhecidos na tentativa de apoio, de algo que a desse estabilidade no balanço imprevisível da grande lata. A velha mulher caminhava por entre as pessoas como uma corrente de ar, ora desviando e ora misturando-se no aglomerado.

Era tão pequena, tão pequena que mais parecia uma criança ou um passarinho que havia fugido de alguma pequena gaiola em algum pequeno lugar. Possuía uma corcunda lembrando morros e pernas muito curtas lembrando voos curtos. Suas pequenas mãos enrugadas cabiam na palma de outra e procurava sedentas, apesar de lentas em movimento, algo que estava à frente, e que não se sabia o que era. Mãos enrugadas e manchadas, um quadro abstrato com pinceladas assimétricas e olhos nas palmas, procurando enxergar.

Apalpava o espaço, o vazio, o nada. Vestia uma roupa já gasta pelo tempo que talvez não tenha escolhido, talvez não lhe agradasse as cores ou o tecido ou a estampa. A velha estava de cabeça baixa, não era possível ver o seu rosto, e resmungava algo que também não era captado pelos ouvidos viciados a murmúrios rotineiros. Nas mãos carregava ainda uma pequena sacola preta de plástico, alguns mirrados dinheiros. Esmola ou caridade. As duas preenchem o ego de forma diferente, mas enchem a sacola da mesma maneira.

Olhando nos olhos do passado sempre será possível enxergar uma moça jovem, ávida, cheia de saúde e excitação pela vida sendo carcomida pelo tempo, sendo sugados os nutrientes. O corpo de uma mulher é como um território em exploração. Tiram os minérios, garimpam as minas, derrubam as árvores e jogam dejetos nos rios. Traficam a biodiversidade e rompem as memórias, violam as escolhas. Aquela mulher velha não se lembrava mais de um rosto seu que não fosse aquele. Como se do ventre de sua mãe tivesse saído aquela coluna corcunda. Ou como se ela nunca tivesse nascido. Apenas apareceu no mundo, na cidade, naquele vagão.

Ao longo dos anos, os tantos afazeres, os filhos e o marido, e ainda os tantos empregos e os patrões, o desmatamento e a poluição, a exploração do corpo e da consciência a encurtaram de viver, e sugaram seu tamanho... Em anos de trabalho, ela me disse. A cidade é um plano arquitetado na direção do céu. Há uma força contrária na ordem da cidade, que puxa as coisas para cada vez mais alto e os seres para cada vez mais baixo.

Quando ela morreu, não houve corpo para enterrar porque havia sumido. Morreu porque diminuiu até deixar de existir, até deixar de ocupar aqueles medíocres centímetros apertados dentro do trem de carga humana. Desfez-se no barulho de um dia quente, insuportavelmente quente de verão. Pode até se dizer que derreteu. Tecido por tecido, órgão por órgão e osso por osso pingando no chão de asfalto e evaporando instantaneamente.

Desaparecer é a morte desacompanhada da despedida ou a despedida ralentada anunciando a morte tantas vezes que começa a perder a importância, como uma paisagem que se olha todos os dias do vagão do trem. Depois de um tempo, não há nada de inédito naquilo. Desaparecer é essa contradição. Não se sabe se aquela velha mulher sabia que estava despedindo-se desse mundo. Quando se olhava no espelho procurava as grandes alturas, mas o que enxergava era uma família de filhos e marido, patrões, esmolas todos posicionados como para uma foto, em cima da corcunda. Desaparecer também pode ser descansar, pode ser um martelo grande e pesado destruindo filhos marido patrões esmolas e dando lugar a um pasto verde, não na corcunda, mas na montanha da robusta coluna dorsal.

O ABUTRE

Lá embaixo, na Terra, as coisas aconteciam desenfreadas, tudo era tão permanente quanto o voo de uma bolha de sabão. Tudo acontecia no nascer e no pôr do sol e tudo se desfazia da mesma maneira. As pessoas e as coisas viviam em uma queda livre. Nascendo e morrendo. Nesse lugar onde há destruição e medo, temor e angústia, doenças e epidemias, fome e frio, as Pessoas e as Coisas e os Animais vivem em uma desarmonia normalizada e fertilizada a poder e cabresto que se fecunda e se multiplica e formam nações de Pessoas e Coisas e Animais.

Acima desse cenário, existe um céu. Outro território habitado por outros indivíduos. Não, eles não são nem divinos nem metafísicos. São Aves enormes, com asas colossais e imponentes, Aves de cores negras com penas brilhantes e lustrosas. Bicos duros como pedras, como o casco de uma árvore centenária, garras afiadas como a de um gavião faminto. Essas criaturas possuem tradição milenar e sua espécie perdura pelo universo há tanto tempo que não se pode calcular ou estimar.

Essas Aves emblemáticas vivem em harmonia. A sua única e inesgotável fonte vital, que mantém sua linhagem, que reproduz suas crias, que lhe alimenta o corpo e alma, que nutre cada tecido e cada célula existente nela são as histórias. Como único e exclusivo ofício essas Aves são produtoras de boas histórias. Por vezes tristes, deprimentes, avassaladoras, perturbadoras, trágicas, mas sempre com uma beleza misteriosa contida em algum lugar invisível enfiado lá no fundo onde os olhos não conseguiam ver, mas os corações conseguiam sentir e se emocionar e dessa forma elas procriavam e celebravam e eram majestosas no trato com a palavra.

Por outro lado, é preciso dizer que o potencial criativo desses seres necessitava de um impulso. Como a primeira faísca de um fogaréu, como as primeiras gotas de chuva que antecedem a tempestade, como os primeiros flocos de neve que trazem a nevada intensa ou como as primeiras marolas que formam gigantes ondas até um completo e destruidor tsunami. O estado natural das histórias, antes da lapidação, a origem, a matéria prima estava embaixo. Junto com as Pessoas e as Coisas e os Animais. Por algumas vezes ao ano, as Aves desciam em voos de rapina e planavam sobre a superfície calamitosa das Cidades.

As Aves eram ainda seres metamorfos, tinham a incrível capacidade de se misturarem em qualquer tipo de grupo como seus semelhantes. E esse dom utilizavam em suas visitas às Cidades. Depois do pouso, elas se dividiam e se transformavam em Pessoas e Coisas e Animais. Os ouvidos aguçados farejavam faíscas para o fogaréu. Colhiam como em um processo laboratorial fatos comuns e corriqueiros da vida das Pessoas e das Coisas e dos Animais, e imagens e paisagens que na maioria das vezes eram recheados de contradições, afetos e desafetos, distâncias, abismos, solidão. Esses pequenos elementos eram levados de volta para cima em frascos da memória, muito bem armazenados. Depois disso, a magia acontecia e elas se transformavam no diamante lapidado.

Em uma noite de sonos tranquilos uma Ave jovem se questionou sobre a natureza das belas histórias contadas por seus semelhantes. A Ave quis descer até a Cidade sozinha e sem avisar a ninguém. Ela gostaria que de alguma forma as Pessoas e as Coisas e os Animais se beneficiassem com aquela vitalidade que as Aves compartilhavam, que eles pudessem também viver vidas abundantes e fartas em harmonia, já que no fundo, talvez, eles fossem os verdadeiros produtores de histórias, porque a verdade era que as Aves não sobreviveriam apenas contando histórias sobre suas vidas harmônicas, sobre seus voos tranquilos, sobre sua linhagem fértil. A verdade é que as histórias precisavam sempre carregar uma camada de sujeira para se tornarem fortes e vigorosas ao ponto de sustentar uma espécie e essa sujeira apenas as Cidades conseguiam lhes ofertar. A Ave não teve coragem de descer até a Terra para outro propósito que não fosse manter a linhagem de sua espécie.

O MONGE

Ela mora em um desses conjuntos habitacionais do Governo. A lucidez. O sonho dela é ter um pedaço de terra pra chamar de jardim, colher alguma coisa e dizer que colheu da sua horta pra qualquer pessoa que presencie o momento. Dança no escuro e ainda gosta de usar vela, mas tem energia elétrica.

VELHA – Tudo como se soube até hoje se desfaz em um soprar de ventos. Vida é castelinho de cartas de baralho. Tudo é tão sólido quanto uma bolha de sabão. Tudo que eu sei, que eu sei, eu aprendi vendo. Escutando também. Na verdade, eu aprendi mais escutando do que vendo, mas depois de tantos anos as coisas começam a se provar diante dos nossos olhos e você aprende o que escutou, vendo.

Ela era com a melhor das palavras aquela figura mitológica mais real que poluente no ar, sentada no seu trono de caixote de feira no seu castelo construído com mãos humanas inexperientes, o piso não tinha nível, nem as paredes. Peito caindo no umbigo, braços ossudos, magrela, cheia de manchas adquiridas nas barganhas da estrada da vida. Mulher velha. Mulher antiga. Mulher que deu, pariu, cuspiu, rasgou, cicatrizou, amamentou uma porção. Dizem que quem olhava bem no fundo dos seus olhos via um rio negro correndo em direção a uma queda d'água que podia sugar o observador pra dentro de algum lugar denso demais. Ela olhava por cima, testa franzida, adaga nas coxas.

VELHA – Um dia, um monge desceu até em casa. O monge desceu da montanha e encontrou baratas. Baratas. Achei bonita aquela roupa, aquele monte de tecido que eles usam, e a careca, e ele era calminho calminho. Eu perguntei o que é que eu podia fazer por ele e ele pediu um copo de água. Aqui em casa tem mosca. Mas se ele vive no meio do mato devia ter se acostumado com bicho. Ele não disse, mas eu vi, ele sentiu nojo do copo, mas bebeu a água. Eu fiquei com dó daquelas roupas limpinhas arrastando na terra suja, no asfalto, aqueles sapatinhos de monge pisando o solo impuro e comum. Eu fiquei com tanta dó.

Ele poderia ter ido embora e deveria, talvez. Mas não dispensou o contato sincero e olhou nos olhos da mulher velha. Uma noite, nu, andou reunindo as pistas, seguindo o fio da pontada, deslocando-se em busca e procura, perseguindo a dor aguda de todas as noites. Lá por onde andava era essa estrada desconhecida, existente apenas no íntimo das suas entranhas, espaço descolado da realidade, tempo descolado da materialidade, a mente não recordava, mas cada tecido e cada célula, cada músculo e cada osso lembrava e sabia por onde levar o corpo pesado. Lá aonde não se sabe viu no espelho uma imagem que a essa altura já era completamente distinta da que conhecia de si mesmo. Anos de envelhecimento, uma pele carcomida pelo tempo, manchas na memória e a impossibilidade.

A viagem que durou pouco mais de muitos anos e pouco menos de alguns minutos acabou com o mesmo sobressalto que não acontecia em seus anos de meditação. A linha tênue do delírio, a sensação real da estrada, do espelho, da velhice. O confinamento em si mesmo, fazia-o sentir a necessidade de esvaziar-se, de vazar para algum lugar, de fazer escorrer, como água em ralo.

VELHA – Eu não me lembro de quando eu nasci. Eu nasci faz muito tempo que o rio correu. Eu nasci quando você não sabia o que era isso ou aquilo. Não interrompe a minha amargura com a sua serenidade ela não me serve. Ela não serve de nada fora da sua montanha. Eu me alimento de tudo que eu encontro e eu me lembro de uma canção velha que minha mãe tocava porque ela queria atrair coisas boas. Se você me abrir vai ver escorrer uma seiva grossa e você vai querer beber. Meus sapatos não me cabem porque meus pés se expandiram na estrada e uso saia pra deixar meus ventos girar. Eu danço em cima dos ratos porque eles não prestam e eu danço em cima do que não presta. Mas eu como também. Eu devoro. Meus dentes são meus e eles cerram. Mastigam. A minha montanha é rasteira, refúgio não é matagal é útero. Pele queimada eu não ando só o sol. O Sol. Beija meu corpo eu não ando só. Tira suas mãos do meu copo, devolve minha água, bota de volta os ovos da mosca. Meditação não me põe de pé, em pé eu fico porque eu me obrigo esse corpo eu não curvo mais eu sou antiga. Já fui. Agora é que eu sou. Não me dá paz me dá dinheiro. Me dá dinheiro. Me dá dinheiro pra comer, me dá dinheiro pra andar, me dá dinheiro pra ir, me dá dinheiro pra vestir, me dá dinheiro pra minha terra, me dá dinheiro pra morar, me dá dinheiro pra pisar, me dá dinheiro pra eu comprar a paz, aquela desgraçada. Só não quero dinheiro pra engolir. O gosto é amargo e machuca a garganta.

VELHA – Tá escuro e se quiser dormir aqui, pode. Entra descalço.

VELHA – Eu vou te contar uma história bem curtinha, mas acho que você vai gostar. Talvez eu tenha sido um pouco rude com você então senta aqui pra eu me redimir.

MONGE – A senhora não precisa se preocupar. Tá tudo bem. Eu acho até que talvez eu possa ir embora agora.

VELHA – Quando eu era menininha de tudo o meu sonho era ter um jardim muito bonito pra plantar todo tipo de planta. Eu também queria plantar filhos nele quando eu quisesse ser mãe, porque aí não precisaria ter nada dentro da minha barriga. Eu acabei tendo filhos, mas ainda não tive um jardim. Eu não sei onde eles estão agora. Às vezes eu tenho uns excessos de frustração com a vida, sabe? A falta de dinheiro é o que me deixa mais louca. Talvez, na verdade, você possa me ajudar com isso. Manter o controle das coisas. Pensar em Deus me faz querer viver e às vezes me faz querer morrer. Pra tentar encontrar com Ele de uma vez. Você é de outra religião né? Mas acredita em Deus? Eu acho que eu ainda não sei seu nome. Qual é? Você não me parece muito bem...

MONGE – Eu não queria ter visto. Eu não queria ter visto! A minha cabeça vai explodir e eu não devia ter te pedido água eu não devia ter passado por aqui muito menos olhado nos seus olhos agora eu tô completamente perturbado e eu não tenho certeza se consigo voltar de onde eu vim eu tento lembrar o caminho e tá tudo embaraçado tá tudo meio escuro meio nebuloso essa história do jardim e quem são seus filhos essa sensação de queda infinita não me larga onde eles estão na verdade não me conta não me conta mais nada eu não quero saber olha eu tenho uma conta no banco e se você quiser pega esse cartão e saca tudo saca tudo pega pra você compra terra faz a porra do jardim só me deixa ir embora ou melhor não sei se é uma boa ideia porque eu não tenho mais certeza do caminho e meu peito tá tão apertado olha aqui olha aqui vê se eu tô sangrando eu tô? Parece que eu tô sentindo alguma coisa escorrendo no meu pescoço talvez seja suor essa casa tá fervendo eu morro de nojo de mosca e de baratas eu tenho pavor pavor eu tenho pavor demais de barata e você não para de falar você fica aí sentada falando esse monte de coisas que eu não entendo eu não entendo eu queria parar de pensar eu queria que minha boca parasse de falar agora mesmo mas ela não tá seguindo meu comando eu não me lembrava da minha voz eu não tenho nenhuma memória de infância eu caço no fundo da minha cabeça mas não encontro nada você pode me dar uma memória? Ou que sabe mais um copo de água eu acho que eu preciso respirar é isso eu só preciso respirar eu tô nervoso agora, mas eu preciso de ar fresco é isso que vai me ajudar eu vou ficar calmo

Naquela noite, o monge descontrolado saiu cambaleando procurando o milagroso ar que supostamente estaria lhe esperando na rua. Quando ele saiu, a velha demorou alguns segundos para ir atrás. Chegando à rua, ela não o viu mais. Como fumaça ele havia desaparecido na escuridão. Alguns metros à frente de sua casa, ela avistou algo, semicerrou os olhos para tentar ver melhor, mas achava que eram os sapatinhos de pano do visitante. Ela não conseguiu ter certeza e também não se deu ao trabalho de andar até lá e conferir de perto. Entrou em casa, acendeu uma vela, sentou-se e com o cotovelo apoiado à mesa e a mão no queixo pensou que: eles nunca aguentam. Eles somem.

No dia seguinte ela realizaria o sonho de ter o seu próprio e só seu jardim.

PÁSSARO PRETO

Aqui por perto vivia um homem. O homem já carregava nas mãos o enrugar da velhice. De uma pele queimada, manchada pelo sol. Olhos pequenos, que por trás dos óculos que usava os faziam parecer maiores, que viam mais e melhor. Um cabelo ralo em cima da cabeça que já era quase toda visível. O homem vivia com uma carranca no rosto espantando qualquer sombra de simpatia que lhe chegasse perto. Se ria era pra debochar de algum pobre moribundo pela rua ou para ironizar a desgraça alheia. Não era dado com ninguém e com nada. Há quem diga que era mau de coração mesmo, que era a crueldade que lhe fazia cantar e que por ali empatia alguma nunca esteve.

O homem era dono de um velho bar localizado em uma das avenidas mais movimentadas da cidade. O bar era pequeno e sua clientela era composta por miseráveis bêbados que escolhiam o estabelecimento pra gastar suas mirradas moedas em um álcool forte e barato. Também café aos que queriam disfarçar o hálito amargo ou aqueles que queriam abrir o estômago para os trabalhos do dia. Um balcão de pedra, uma cozinha apertada e com uma luz amarela e escura. Mesas de alumínio pelo salão e no centro a grande mesa de bilhar. Daí vinha todo o seu sustento.

Dentro da cozinha apertada, quente e escura ficava um pássaro. Não se sabe de onde o animal havia vindo, mas havia sido um presente. Um presente para aquele velho homem. Engaiolado desde o seu nascimento em uma gaiola de madeira envernizada. O pássaro era preto e era tão bonito. Inspirava toda fragilidade e força. De penas pretas como o petróleo, e lustrosas como quem tivesse sido banhado em ouro. Possuía um bico afiado que reluzia como aço polido. A graúna tinha olhos cor de escuro, mas com um banho de brilho tão intenso que quem lhe encarava por algum tempo achava ser possível encontrar aquela luz se mergulhasse nos seus olhos. Mas a verdade é que se perderiam na escuridão.

Durante muitos anos, o pássaro passava horas e horas a fio se debatendo na gaiola. Alçava minúsculos voos de um lado pro outro, sempre freando as garras nas paredes de grades. Era arisco. Incansável o seu relutar e a sua tentativa frustrada de voo. Ele se agitava tanto que intimidava qualquer pessoa que quisesse se aproximar e o bico estava sempre aberto, mas sem emitir nenhum som, mas apenas uma respiração curta e muito rápida nos pequenos e breves momentos em que ele parava ofegante, quando de fora da gaiola era possível quase ouvir seu pequeno coração bater em ritmo brabo. Nunca vi o suor escorrer um de um pássaro, mas dele dava pra ver.

Ao longo dos longos anos, a ave foi se acostumando com a gaiola, com a cozinha, com a luz baixa, com o carrasco. E à medida que foi também sua idade avançando, ela foi reduzindo os voos desesperados na gaiola limitada e pôs-se a viver seus dias a fio de maneira branda. O homem a levava para fora alguns horários do dia para exibi-la aos bêbados que o bajulavam por qualquer gota de pinga ou qualquer perdão de dívida. A ave era observadora e tinha na postura uma quietude que nunca alguém poderia acreditar que ela era a mesma ave desvairada de alguns anos atrás.

Ao ficarem ainda mais velhos, ave e homem, ele decidiu um dia abrir a gaiola. Não para libertá-la, mas para talvez permitir-lhes a maior proximidade. Quando dentro de casa, ele abriu a pequenina portinhola, a ave encostou-se na outra extremidade e o fitou por muitos minutos. O silêncio pairava e uma comunicação antiga se estabeleceu. Os olhos do homem não desgrudavam do seu pequeno tesouro intimidado. Até que ela decidiu sair. Mas não saiu em voo, saiu dando pequenos passinhos. Ele esticou o braço e ela voou pousando as garras perto do relógio. Nos dias que se seguiram, era sempre o ritual. A gaiola se abria e a ave saia direto ao braço do relógio, do ponteiro que media o tempo que ela ficaria ali até voltar para o seu cárcere. E ela voltava de bom grado. Domesticada estava completamente. E também apaixonada pelo algoz. Não era dada com mais ninguém que se aproximasse.

Uma noite, por algum motivo o velho homem deixou a portinhola da gaiola aberta depois que a ave dirigiu-se para dentro novamente, como era sua rotina. Ele adormeceu. E ela ficou lá, reluzindo no escuro, olhos vigilantes, meticulosos. Ela ouviu pela primeira vez o velho coração humano batendo. No silêncio daquela madrugada, era como se fosse uma canção abafada sugerindo uma breve melancolia. A ave hipnotizada guiou-se para fora e foi até o berço do som que vinha de dentro. Cavou. Chegou ao coração.

Em um sobressalto, o homem despertou do sono com o cantar mais belo que já havia escutado. Sua ave nunca tinha cantado, mas agora ela cantava na sinfonia do seu velho coração despedaçado. Daquela noite em diante, só a portinhola aberta, com a antiga gaiola de madeira vazia. Um rastro da ave que se foi e a canção que enlouqueceu o resto de sanidade que aquele miserável tinha. E a saudade. Mas a saudade nem sempre é genuína. A saudade pode querer de volta a prisão, pode querer de volta o prisioneiro, a saudade pode ser um egoísmo cruel disfarçado lamentando a perda do cativo.

Criamos sentimentos porque somos sentimentalistas. Mas na natureza não há sentimentalismo. A ave voou porque sua natureza é de asas e porque o céu é grande e não é amarelado.

A TERRA DE NINGUÉM

Nesse lugar, o céu amanhecia sempre claro. O sol se levantava cedo e ia lambendo as árvores e as casas que ali existiam com uma luz maternal, acordando todos os cidadãos. A água era sempre abundante e as chuvas eram constantes. Nada era muito ou pouco. Tudo era o que tinha que ser. As pessoas com a chegada da tarde iam até o grande Lago e oravam para os seus deuses, dançavam e faziam homenagens para os mortos. Cada um se recolhia para dentro de si, mas cada corpo funcionava como uma célula de outro corpo muito maior.

Quando a lua e as estrelas iluminavam a clareira, o povo se recolhia para suas casas, e só um ou outro ficava para fora, absorvendo a noite e fazendo poesia com palavras soltas, pra ninguém. Embriagando-se do descompromisso.

O povo desse lugar se alimentava de carne animal e de tudo que era plantado. Todos tinham muita maestria com a terra, com as sementes, com a água, com todos os processos que envolvem uma plantação. Todos conheciam os tempos de cada coisa, conheciam os alimentos, conheciam a vegetação e faziam profecias a partir da temperatura da terra. Essas profecias também incluíam as profecias de morte. Quando a terra ficava úmida por demasiado o povo entendia que algo estava para morrer.

De fato, um dia aconteceu. Uma Mulher notou a umidade da terra em excesso. No dia seguinte, um Homem morreu nesse lugar. O povo desse lugar enterrou o Homem diretamente em contato com a terra, nu, como veio ao mundo. Nesse lugar, os corpos falecidos eram entregues para terra, para nutrir o solo e fertilizá-lo. Para que todos os seus nutrientes fossem absorvidos e devolvidos para o lugar da onde vieram. A morte tornava as pessoas adubo. Suas memórias também ficavam no solo, e seu corpo não apodrecia, ele também virava terra. Se reabrissem o buraco, veriam que corpo nenhum existia ali debaixo.

Um dia, o outro povo chegou nesse lugar. O outro povo temia e abominava a morte, mas era um povo contraditório e inconsequente porque eles cometiam assassinatos cotidianamente, eram ignorantes e egoístas. O outro povo enterrava seus mortos em lugares que o povo desse lugar sequer conhecia. O destino de cada morto dependia da hora, do lugar, do nome, da roupa, da cor da pele, da posse, da prece, do susto. O povo do outro lugar sequer conhecia todos os seus mortos. O outro povo era cruel, mentiroso e descrente.

Quando eles chegaram nesse lugar perguntaram onde estava o cemitério. Traziam atrás de si grandes caminhões carregados de corpos. Eles disseram para o povo desse lugar que no outro lugar não havia mais espaço, que precisavam livrar-se dos corpos e que nunca nenhuma pessoa viva deveria testemunhar o que viu, os caminhões deveriam nunca ter existido e a terra deveria esconder as histórias, os sonhos e as memórias. O povo desse lugar explicou que eles não possuíam cemitério, que as roupas deveriam ser jogadas fora e que as pessoas deveriam ser lavadas do sangue.

O povo do outro lugar não compreendeu e sobre força bruta cavaram grandes buracos que tomaram conta de quilômetros de um enorme campo aberto. Eles esvaziaram todos os caminhões e colocaram seu carregamento em todos os buracos, depois fecharam. Entraram em seus grandes carros e partiram de volta para o outro lugar. O povo desse lugar chorou durante muitos dias, levantaram preces e cânticos e se desculparam, mas nada fez aquela terra fértil novamente. O povo desse lugar foi embora há muito tempo, e tudo que esse lugar é agora não passa de um enorme campo esquecido, escondido, fundado na mentira e na luta injusta para ser esconderijo de histórias, sonhos e memórias mortas. Ao lado existe uma rodovia por onde passam centenas de automóveis todos os dias, mas nunca deixam flores para os mortos, porque o cemitério não existe. O descampado é feito de um solo árido regado com sangue sem identidade e almas privadas da despedida.

CADEIA ALIMENTAR

Ali por perto de onde o trem me leva tem vida. Ali onde eu só consigo ver os fundos, e nunca à frente, talvez se tivesse que encontrar um caminho para olhá-lo de frente eu não conseguiria. Compondo a paisagem, existindo no mundo. Com nuances, tamanhos e linhas diferentes. O que eu vejo é um paredão, de costas. Abaixo da luz do sol, já indo embora, outro laranja um pouco mais fosco e um pouco mais sólido, e um pouco mais sujo, menos sublime e divino. Os tijolos. No meio deles, a massa cinzenta ligando uns aos outros e trazendo à forma as pequenas casas amontoadas, se apoiando umas nas outras. De algumas paredes saem canos longos que ficam expostos e pendurados, pinga tempo e chuva, em cima das casas as caixas d'água, e embaixo delas outras casas. Eu diria uma arquitetura caótica. Nas paredes piche, mensagens de amor, mensagens de dor e buracos... Buracos abertos nos tijolos laranja.

As janelas, como grandes olhos do paredão, da onde se olha para o mundo, da onde entra o vento, o calor, a chuva, o frio, da onde a gente daqui de fora vê a dona de casa lavando a louça encardida e a criança andando na sala assistindo aquela TV cheia de chiado mudo. As pequeninas pessoas andando no meio do paredão. Subindo uma escada, escalando uma laje, adentrando uma porta, pulando a janela, atravessando a viela.

As crianças pulando o muro têm pressa, saindo de casa, passando pelo córrego cheio de lixo, lodo, miséria e abandono, é isso que tem no córrego, além dos ratos e das moscas. Vindo brincar na linha do trem, olhando o horizonte se formar, cortando o vento, onde o tempo é mais cumprido e onde se pode demorar. Onde os trilhos levam longe. Risada de criança carrega a ingenuidade de coração apaixonado. É pássaro voando longe e pleno, namorando com o vento. Quando chegava o final do dia, as mães gritavam suas crias e cada uma delas pendurava na fiação elétrica, junto com os sapatos velhos, os sonhos, que tinham medo de perder e de levar pra casa, o abrigo da noite era seguro. E acordavam no outro dia só pra poder buscar.

Era naquele limbo que toda brincadeira acontecia. Naquele limbo entre a enorme e extensa parede e o muro que a separava dos trilhos do trem. Naquela grama mal nascida, onde se podia pisar a qualquer momento em uma poça de água pestilenta. Um homem sentado acendia um cigarro e olhava as crianças brincarem. Uma mulher na última casa, na última laje mais perto do sol pendurava uma roupa e olhava as crianças brincarem. Mas por que a vida acontecia nas costas e não na frente?

Os meninos sobem nas lajes pra empinar as pipas. Lá em cima eles são donos de si mesmos. Sobem pra ficarem mais perto do céu. Soltam as pipas porque aqui embaixo eles não são soltos, aqui embaixo a terra puxa, a poeira sufoca e a água não é limpa. Lá em cima, o céu quase sempre é generoso, o vento é doce e as pipas transpõem a liberdade que os meninos acham que tem. Uma vez, um deles parou de comer, queria ficar leve e subir com a pipa. E jogam um futebol sem vaidade, fazendo mexer as pernas magrelas.

A vegetação é mirrada, mas enquadra a cena toda em um quadro. As paredes, os buracos, as roupas, os varais, as janelas, os meninos, as meninas, a água, o lixo, o homem, a mulher, a laje, o córrego, a viela, o cimento, a brincadeira. A vegetação fica a espreita e atenta. Escutando, filmando as suas presas. Quando a noite ameaça cair e as crianças começam a retornar um galho ou outro se enrola nas canelas finas da próxima vítima e a arrasta pra onde a luz é falha. A vegetação engole as crianças, semeia, enterra e faz delas seu nutriente vital, o que mantém suas feias folhas longe do chão e da seca completa. Assim nada nunca alcança sua genuína saúde. Nem vegetação, nem criança. Assim nada vive direito e completo. Na cidade, as coisas devoram-se mutuamente, mas alguém sempre come mais. Alguém sempre come as sobras e alguém sempre come nada. Tudo quer comer, e tudo come o que dá para comer. Coisas comem coisas e comem gente. E gente come gente e come coisa também. Árvore e parede come criança.

Nessas noites, sempre é possível ouvir o choro de uma mãe que sabe que sua cria não vai voltar. E desde que as regras se fizeram assim, essa mão abre no outro dia um buraco no paredão laranja. Quando anoitece, os olhos do paredão ganham uma luz amarelada, os postes se acendem e iluminam o interior do paredão, que eu não vejo. As crianças ilesas se recolhem e penduram seus sonhos nos fios elétricos, junto com os calçados. Elas esperam ansiosamente o dia seguinte, para calçá-los até quando lhe servirem. Em um futuro não tão distante as crianças ilesas de serem devoradas dão de comer a quem come mais e melhor.

CIDADE

Quem a vê durante a manhã, quase não a reconhece durante a noite. Nem mesmo quem a vê quando o sol ainda está nascendo, e quando ele já está alto imponente. E quando as luzes do dia vão se apagando e as luzes dos postes vão se ascendendo, ela vai ganhando outra face. Quando os barulhos vão se transformando, e os cães latem por outros motivos. Quando as pessoas também não são as mesmas e quando da minha janela, consigo ver a sua janela, preenchida por uma luz amarelada.

A brisa da chuva que ameaça vir lá pelas tantas. O calor do asfalto e do ar quente da cidade. Observar a chuva vinda de longe, como um véu fragmentado, lambendo as paredes das casas e dos prédios, mas quase nunca proporcionando alívio. E um céu rebuscado de cores, pintado em azul, laranja, cinza e cabos que prometem nos conectar e nos deixar próximos. As ruas de asfalto e terra batida, carros circulando, as casas aglomeradas e desenfreadas no morro bem a minha frente. Prédios sendo construídos sem ordem e sem padrão. As varandas dos prédios ainda estão vazias. O entardecer indo embora e deixando avisado que amanhã ele estará de volta, como um consolo ou misericórdia divina de quem observa a labuta.

Um espaço geográfico sendo levantado e demolido diariamente por corpos desconhecidos e sem rostos. Uma massa populosa andando como formigas desorganizadas dentro de um formigueiro incoerente. Anúncios nas paredes em modo imperativo ditam conselhos de um desconhecido para outro desconhecido, mas a conexão é estável e as distâncias são eminentes. O fumo é barato e o álcool também, os poemas são ruins e as árvores são empoeiradas. O trânsito e as drogas matam, mas a indiferença também. Névoa nos olhos encobrindo a visão. Os cães disputam as carcaças e os homens remexem as lixeiras.

Cada um é quem sabe o que vive nela. Cada um é quem sabe o que dá pra ela e o que ela te devolve. Cada um é quem sabe, as esquinas que ela dobra dentro do labirinto que é cada um. Cada um sabe o que ela suga o que ela tira. Os passos que deixa marcados no chão. De dia, tudo é rápido, ligeiro, apressado, é barulhento, é multidão, é trânsito e é transitar o tempo todo. De noite, é quando a poeira assenta. É quando se acende as fogueiras e quando são tiradas as botinas do trabalho. De noite, a rua é dos que se embebedam da cidade, miseráveis e desabrigados uivam as dores e escrevem poesia sobre nada.

De dia ou de noite, é possível sentir o cheiro. Ele entra pelas minhas narinas e permeia todo meu corpo, me faz sentir náuseas, de vez em quando preciso puxar uma nova corrente de ar pra tentar respirar sem me sentir sufocando. O cheiro é de terra, é de asfalto, de sol quente, de gente, de bicho, de lixo, de mijo, de alma mal lavada e de comida barata. Cheiro de gente que já se misturou no ar, que já se fez parte das paredes e dos chãos. Cheiro da gasolina queimada, da locomotiva lotada, das mãos calejadas. É cheiro da gente.

De onde estou não vejo a cidade que foi ontem, mas a cidade que está sendo agora. A incerteza de uma cidade diferente amanhã. A dúvida se eu também serei diferente, com os meus próprios morros e vales, com as minhas próprias construções e entulhos, com o meu próprio asfalto e com a minha própria vegetação. Não é boa nem má, não é perversa e nem acolhedora, a cidade não é nada. A cidade é tudo isso. A cidade é mistério. Ninho. Abismo.

editoraletramento
editoraletramento
grupoletramento
editoraletramento.com.br
company/grupoeditorialletramento
contato@editoraletramento.com.br

casadodireito.com
casadodireitoed
casadodireito

Grupo Editorial LETRAMENTO